可能幸福的選擇

Possible
Happiness Choice

Misa —— 著

我太遲才懂得，有一種愛是安靜的縱容
縱容我揮霍你的溫柔，縱容我所有的任性要求
更甚至，縱容我走向另一個男人

楔子

「嫁給我好嗎？」他對我說。

我從沒想過，自己會在二十五歲就被求婚，更別說是結婚。太早了，真的是太早了。

「我可以考慮一下嗎？」所以我這麼說。

他雖然有些失落，但很快強打起精神，「我明白，妳才二十五歲，這個年紀就要步入婚姻確實有點早。」

看著他沮喪地收起婚戒，我也不好受，我是愛他的，我確信這一點。

但那首歌又在我心中悠悠響起，我伸手抱著眼前的男人，跟著無聲哼唱起那熟悉的旋律。

第一章

走在紅毯那一天　蒙上白紗的臉
微笑中流下的眼淚　一定很美。

〈走在紅毯那一天〉詞：李安修　曲：陳國華

在新娘準備室中，我不斷輕哼著這首歌，一旁的新娘祕書一邊將化妝工具擺放在桌上，一邊笑臉盈盈地說：「我也很喜歡這首歌。」

「女人大都會夢想著這一天吧。」話雖這麼說，我卻嘆了口氣。

「新娘怎麼能嘆氣呢？」新娘祕書拿起方形大梳子，將我的長髮一根根梳開。

「婚前憂鬱症吧。」我聳聳肩。

「妳一定會很幸福的。」新娘祕書不知哪來的信心，竟做出這種保證，但這樣的祝福我倒是樂意接受。

今天是我的大喜之日，女人一生中最重要的日子之一，穿上白紗這一天，每一件事都必須完美無缺。

所以我事先做了很多功課，比較過許多新娘祕書，最後選中眼前這位在網路上評價很高的女孩。當我與她聯繫上時，她很訝異與她同年的我就要步入禮堂。忘了說，她的名字叫杜小娟。

「我進來嘍。」有個人連門都沒敲，逕自推開門走進來。

這麼魯莽，想也知道是他。

「喂，快把門關起來啦，我還是素顏呢。」我舉起手作勢要打他。

「妳還是素顏？我們不是很早就過來了嗎？」皓皓不理會我的抱怨，神經質地指著手錶，眼睛和嘴巴都張得大大的，看起來蠢得可愛。

「你是在急什麼？台灣有誰會準時出席喜宴啊？更何況現在才幾點，時間還很充裕好嗎？」等他關上門走到我身邊時，我立刻用力打了下他的手臂。

「話不能這麼說啊。」他揉了揉手臂，嘟囔道：「身爲新娘還這麼粗魯。」

我哼了聲，注意到他凌亂的頭髮，「喂，你的頭髮怎麼這麼亂？」

「亂？會嗎？」他瞥了鏡中的自己一眼，長長的劉海蓋住左邊的眉毛，他從國中到現在都維持這個萬年不變的髮型。

「蓋頭蓋臉，不好看啦！」我登時站起身，氣呼呼地伸手撥弄他細軟的髮絲。

「這樣就好了啦。」他往後一退，並揮開我的手。

好啊，以爲我穿著禮服不方便行動就拿他沒辦法嗎？哼，道高一尺魔高一丈。

「杜小娟，可以麻煩妳幫他稍微抓一下頭髮嗎？」

杜小娟是我的新娘祕書，當然不會拒絕我的要求，她笑著點點頭。

「王皓群，過來。」我朝他勾勾手指。

皓皓幾乎就要轉過身奪門而出，我立刻從桌上隨便抓了樣東西朝他丟去，他嚇了一跳，猛地定住腳步。

「戚可帆，妳今天是新娘子，居然還這麼粗魯，救人啊！」他激動大喊，我這才發現自己丟過去的東西居然是拿來裝水果的不鏽鋼碗。

「所以說，過來，讓杜小娟幫你弄頭髮。」我得意洋洋地坐下，斜睨了他一眼，「快點，今天我是新娘，我最大！」

他心不甘情不願地走了過來，而我大笑三聲

杜小娟可能是沒見過像我這樣粗魯的新娘，臉上似乎降下三條黑線，但還是專業地堆起笑容，用指尖沾取少量髮蠟，去到皓皓面前歪著頭說：「你太高了，要請你彎腰，或者坐下來。」

「來來來，我的寶座讓給你。」我拉著裙襬就要起身，皓皓的大手卻按住我的肩膀。

「新娘子好好坐著，我坐那邊。」他透過鏡子望著我，溫柔一如既往。

「好吧。」我不堅持，只要他願意讓杜小娟打理頭髮就好。

皓皓順從地坐下，杜小娟動作俐落地將他的劉海往上抓，露出他飽滿的額頭與兩條好看到令人嫉妒的眉毛。

我仔細端詳皓皓精緻俊朗的五官，忍不住暗自讚嘆。

「自從退伍之後，我就沒再露出額頭過了。」皓皓垮著臉踱步到我身旁，對著鏡子喃喃自語。

「對呀，你一直都留長劉海耶，聽說劉海這樣蓋著額頭會運氣不好喔。」我戳了戳他的大腿，示意他彎下腰，方便我摸向他的額頭。

「我的額頭圓圓的，不喜歡。」他咕噥道。

我不以爲然，前額飽滿是好命的象徵啊。

「你忘了你到哪都是校園王子嗎？那些公主幫成員多希望能摸摸你可愛的額頭啊。」我故意拿學生時代的事調侃他，肆無忌憚地輕輕拍打他的額頭。

他沒有反抗，只是給我一個白眼，「我該出去處理其他事情了，得確認音效、燈光，以及等會要播放的影片。」

「你影片最後做得怎麼樣？我還沒看過耶。」因爲相信皓皓會完成得很好，所以我一直沒有驗收，想當成婚宴上的驚喜。

「保證妳會喜歡，別感動到哭呀。」他對我眨眼。

「確定？千萬不能出錯喔，今天每件事都要盡可能盡善盡美。」我揪住他西裝外套的衣角，仔細叮囑。

「該做的我都有做。」他可沒說謊，他對於這場婚禮的投入程度比我還用心。

「那麼王皓群先生，快去接待賓客，順便看看禮金收得如何。」我鬆開手，給了他一個笑容。

「人都還沒到，哪有什麼禮金啊。」他一邊碎碎念一邊打開門走出去。

杜小娟繼續幫我整理頭髮，「你們感情很好呢，眞令人羨慕。」

「畢竟我們是青梅竹馬啊，不過有時候眞拿他沒辦法。」

「青梅竹馬？」

見杜小娟露出好奇的神情，反正距離喜宴開始還有一段時間，我便向她娓娓道來。

我和皓皓，是沒有血緣的雙胞胎，自有記憶起就相伴在彼此左右。

雖然這麼說是有點誇張，但也很接近事實了。

我們是在幼稚園中班認識的，那時他轉學到我就讀的梅花鹿班，一踏進教室就讓全班所有的小女生臉紅心跳。

幼稚園的女生也是女生啊，看到可愛的男生會心動也是理所當然的事。

每次下課的時候，大家都會圍到他身邊，想要和他說話，我也不例外。只是我常常擠不進人群，幾次之後便放棄了，反正他總是裝酷，從不理會任何女生，久了眾人也不想再自討沒趣。而班上男生都看不慣這樣的他，沒人想跟他玩，於是皓皓便成了獨行俠，做什麼事都一個人。

「妳在幹什麼？」

不過某天，當我頂著大太陽蹲在操場上，用放大鏡照著黑色的紙，想實驗是否眞如老師說的能讓黑紙點燃時，忽然有道黑影杵在我身前，抬頭一看，一向獨來獨往的王皓群竟主動跑來跟我說話。

原本不想回應，但望著他烏溜溜的大眼睛，我突然靈機一動，煞有介事地說：「我在變魔術。」

「變魔術？」他似乎很訝異，並且充滿好奇，與他平素高冷的形象相差甚大。

我也不解釋，繼續把放大鏡對準黑紙。

過沒多久，聚焦在黑紙上的光點漸漸冒出白煙，接著燃燒了起來。

「哇！好神奇！妳是怎麼辦到的？」皓皓白淨的小臉上滿是興奮。

「這個祕密我只告訴你一個人。」我神祕兮兮地對他說：「其實我是個魔術師。」

我本來以爲皓皓會吐槽我，沒想到他睜大眼睛，小手拚命爲我鼓掌，他竟然眞的相信了，這讓我受寵若驚且非常得意。

皓皓是轉學生，沒聽過老師先前的上課內容，才會信以爲眞，要是換成班上其他人才不會信呢。

就這樣誤打誤撞地，我騙到了一個小跟班。

後來皓皓便時常跟在我身後打轉，經過相處我才知道，原來他不理女生不是因爲他跩，而是他會害羞。

皓皓的媽媽在他很小的時候就過世了，他對媽媽沒能留下任何印象，家裡只有爸爸和哥哥，他不知道該怎麼跟女生相處。

雖然當時我才五歲，但已經明白不該過問人家媽媽去世的細節，所以我什麼也沒有問，只給了他一個擁抱。每次我難過的時候，爸媽都會這樣抱著我。

皓皓在我懷裡流下晶瑩的淚珠，也許是母愛爆發吧，看他哭得那麼傷心，我在心中暗自立誓，要守護他的笑容，承擔他的眼淚。

別問我為什麼五歲的孩子會立下那樣的誓言，我就是那麼做了。

從此只要班上小男生找他麻煩，我都會衝上前保護他，也因為如此，皓皓更黏我了，我為此覺得非常開心。

有一天放學，媽媽臨時有事，無法來接我，我和幼稚園的其他同學一起搭娃娃車回家，那天皓皓好開心，他坐在我旁邊握著我的手說，他希望每天都能和我一起回家。

「我媽媽每天都會來接我，不可能的啦！」我不假思索便答，皓皓的眉頭皺得好緊，水潤的雙眼像是要滴出眼淚似的。

我在心裡偷笑，看著他這副可憐的模樣，忽然很想捏捏他的臉頰，而我也真的捏了，皓皓完全沒有反抗，任憑我施為。

我們手牽著手坐在娃娃車上，與老師一同大聲唱歌，抵達我住的那棟大廈時，我推了推皓皓，告訴他我要下車了，沒想到皓皓說他也要在這裡下車，我們才驚喜地發現，我們居然住在同一棟大廈。

「你住在幾樓？」和管理員伯伯打過招呼，我們走到電梯前。

「六樓，妳呢？」

「十二樓。」我驕傲地說，就連居住樓層都是他的兩倍高，更代表了我地位比他高。

欸，這可是他自己說的喔，不是我自我感覺良好。

「哇，妳好棒，住得好高、好厲害。」看！他確實這麼說了，雖然話裡沒有出現「地位」這個字眼，但我明白他的意思。

雖然住得高有什麼厲害的我也不知道，但當時我們才五歲嘛！總是有一些莫名其妙的認知。

自從發現我們住在同一棟大廈後，皓皓每天早上都會在一樓管理室等我一起上學，像隻小狗一樣乖乖跟在我身後。

在我眼中，皓皓就是一隻乖巧的狗狗，與初始的第一印象大相逕庭。這麼說可是稱讚的意思，畢竟我最喜歡狗狗了。

「爲什麼王子只會跟妳玩？」

所以當班上那位最嬌美可愛的小公主噘著嘴巴，用帶著些許埋怨意味的口吻問我這個問題時，我一時之間不知道她在講誰。

「王子是誰？」

「王皓群啊。」

班上女生居然稱皓皓爲王子，我回頭看向縮在我身後的皓皓，吹彈可破的皮膚白裡透紅，要是戴上皇冠、穿上燈籠褲的話，的確很像童話繪本裡的王子。

但也只限於外形像。

「因爲他喜歡我啊！」我徵詢皓皓的意見，「對不對？」

小可愛皓皓用力點頭，讓班上其他女生全都跟著不樂意地噘起嘴來。

在幼稚園的年紀，所謂的喜歡並不牽涉男女情愛，單純就是喜歡和對方一起玩、喜歡和對方待在一塊，所以總是可以很自然、很容易地說出「喜歡」二字。

從那時候起，班上同學就把我和皓皓湊成一對，這邊的湊對也不是一般所理解的那種情侶湊對，而是建立起一種共識——有王皓群的地方就有戚可帆，有戚可帆的地方就有王皓群。

由於皓皓是我的忠實跟班，加上又住得近，我們兩家漸漸往來頻繁，皓皓三天兩頭就往我家跑，不僅是因爲他愛黏著我，更因爲皓皓的爸爸是建築工人，儘管賺得多，但工作辛苦，工時也長，時常不在家。

皓皓還有個大他十歲的哥哥，我都叫他勝群哥。勝群哥仗著年紀大，總是對皓皓頤指氣使，身爲獨生女的我差點以爲那就是一般兄弟之間的相處模式，當我發現原來並非如此時，還爲此向勝群哥發了一頓脾氣。

等到年紀漸長，我才體悟那是勝群哥表達愛的方式。

除了狗狗以外，由於生肖屬兔，我也很喜歡兔子，自我出生以來，家裡一直養著一隻小兔子，我都叫牠親親。

「親親，過來，有紅蘿蔔喔。」我搖晃著手中的紅蘿蔔，但親親可能是吃飽了，看都不看一眼，逕自往另一邊跳。

「親親，親親過來！」我跑過去把牠抓回來，「妳今天好不乖。」

「我也要抱親親。」又來我家溜達的皓皓露出渴望的眼神，他的眼睛就像小狗一樣純眞，很像我在電視上看過的拉不拉多幼犬。

我忽然覺得自己同時有了兔子和小狗這兩種最喜歡的動物，好開心。

「你要小心一點喔，親親是我的寶貝。」我將親親放進他合攏的小手裡。

他喜悅地親著親親，「好可愛，牠眞的好可愛。」

我覺得有點忌妒，親親是我的寵物，皓皓是我的跟班，跟班和寵物感情怎麼可以這麼好？

「還我！」我把親親搶回來，迅速親了親親一下，「親親好乖喔，親親最喜歡我了對不對？」

說完，我還將臉貼在親親的臉上。

皓皓拉拉我的衣角，「我也要親親。」

「你剛剛抱過牠了，不行！」我把親親放到我腿邊，不再讓皓皓碰牠。

「不是，」他搖了搖頭，「是親親。」然後他嘟起嘴巴。

「我爲什麼要和你親親？你又不是親親，怎麼可以親親？」我別過頭。

「不公平，爲什麼我沒有親親？」皓皓又用他那小狗眼神看著我了，「妳不喜歡我嗎？」

「我喜歡你啊。」

「那妳可以親親，為什麼不可以和我親親？」

我想到自己也會跟爸爸和媽媽親親，他們說親親是愛的表現，所以我才會把小兔子取名為親親。

「那好吧。」

於是我嘟起嘴巴往皓皓的嘴巴靠去，輕輕一碰，「這樣你也有親親了。」

皓皓露出一個好可愛好可愛的笑容。

那年我們五歲，那是我們的第一個吻。

升上大班以後，依然不知道怎麼跟女生相處的皓皓，還是一樣老跟在我身邊打轉，我叫他試著跟其他小朋友玩，他就是不肯，說只要有我就夠了，這番發言讓其他小女生對我又嫉妒又羨慕。

她們當然也想過要吸引皓皓的注意，但皓皓宛如剛破殼而出的雛鳥，第一眼看見了我，從此就只認定我了。

幼稚園的午休時間是我最開心的時光，所有小朋友都會帶著自己的棉被和床單來到休息室，把床單鋪在木地板上，再躺上去蓋著棉被睡午覺，有些人甚至還會帶布娃娃來陪睡。

老師們帶著幾分感嘆說：「這群孩子只有在睡覺的時候是天使。」

但我覺得，皓皓隨時看起來都像天使呀。

每逢午休時間，我和皓皓都會挨著彼此一塊睡，我蓋著我的兔兔被子，皓皓蓋著他的小熊被子。

有一天，皓皓突然換了另一張好大的床單。

「這種被單是兩個人一起睡的，我叫爸爸買的。」他得意地說，班上同學都目不轉睛看著那張雙人床單，覺得非常高級。

「你一個人睡那麼大張的床單幹麼？」我拉著我的兔兔被子站在他旁邊，他這樣我就沒地方鋪床單了。

「這是我們一起睡的啊。」

「才不要呢！」我把他鋪好的床單踢起一角，「媽媽說結婚以後，男生女生才可以一起睡覺，我才不要和你一起睡覺。」

「那我們結婚啊。」皓皓將我踢亂的床單重新鋪好，抬頭對我微笑，「我要當妳的新娘子。」

像個天使。

「哇！這麼小就懂得說那種話？」杜小娟一臉驚訝。

「那時候多天眞啊。」我搖頭。

「不過他把自己說成是新娘子了……噗！」杜小娟笑了出來。

「我一直都比他像個男孩子啊。」

「但妳的確是個很漂亮的女生，妳沒看到他剛剛的表情，完全看傻了眼。」杜小娟賊笑。

我沒把杜小娟的玩笑話放在心上，畢竟從五歲認識皓皓到現在也二十年了，無論是在家不修邊幅的樣子，還是特地盛裝打扮，我的每一種樣貌，皓皓早就都看過了，也應該早就都習以爲常了。

「那我繼續說嘍。」我淡淡地說。

杜小娟對我做了個請的手勢。

「好了，安靜一點，每個禮拜五都有什麼？」幼稚園老師舉起一隻手，另一隻手則放在耳朵旁邊。

坐在椅子上的小朋友們手舞足蹈，興奮地大聲回答：「卡通和點心！」

我們梅花鹿班的老師個子很矮，就連當時還是五歲幼童的我都覺得她矮，而且她嘴巴還大大的，很像麥當勞裡的大鳥姊姊。

「那今天帶卡通影片來的有誰呢？」老師裝出一副不知情的模樣。

每週五下午是影片時間，老師會把兩班的學生聚集在視聽教室，一邊看卡通一邊吃點心，每位同學都可以自行把家裡的影片帶過來，讓班上同學選擇要看哪一部。

「我！我！」

「選我！」

班上的小朋友大都爭先恐後地高舉起手，想要被選中，但不包括我。我從不帶影片來幼稚園，當然要選別人的影片看呀，自己家裡的不都看過了嗎？

老師最後選了一部我沒看過的《竹取物語》，劇中的主角是一位來自月亮的公主，對於月亮上的公主，我只知道美少女戰士，還老是對皓皓說：「我要代替月亮懲罰你。」

我完全沒想到，另一個版本的月亮公主，會是這麼令人傷心的故事。當劇情演到使者從月亮乘著雲朵下來接走公主，公主與父母道別那一幕時，大家都哭了。

長大後回想起來，《竹取物語》這個故事其實沒那麼適合小孩子看，爲了得到美麗的公主，那些貴族全都不惜一切代價去僞造寶物來欺騙公主，醜態畢露。也許這就是現實社會的縮影吧，人們爲了得到想要的東西，即便說謊或造假也無所謂。

當然，當時年幼的我不會想得這麼深入，只覺得看完影片以後很難過，卻說不上來爲什麼，也不知道該如何排解那樣的情緒。

從娃娃車下來後，我注意到皓皓一路上腮幫子都鼓得圓圓的，於是我在一樓的花園裡停下腳步，雙手扠腰盯著他。

「你幹麼？」

他不發一語，頭垂得低低的，一顆眼淚倏地砸碎在地磚上。

「你不會還在爲那個公主難過吧？」雖然不意外皓皓會哭，畢竟連我都有些鼻酸了，可我沒想到他竟然會難過到現在。

本想安慰他幾句，但皓皓忽然抬頭，淚眼汪汪地望著我：「妳不要回月亮。」

「幹麼要回月亮？」這句莫名其妙的話讓我摸不著頭緒。

「妳說過妳是月光仙子，老是說妳要代替月亮懲罰我，所以有一天妳會回月亮上對不對？我不要妳離開。」皓皓說完哇哇大哭，我卻快要笑出來了。

皓皓怎麼會把那句話當眞？我是很常說那句話沒錯，但那是因爲我很喜歡美少女戰士啊。然而看著皓皓如此認眞煩惱的樣子，我實在無法將實情說出口。

「我不會回月亮去啦！」我強忍住笑意安慰他。

「眞的？」他淚眼婆娑的眼中浮現一絲希望的光芒。

「月亮上面已經有嫦娥、吳剛，還有剛才看到的竹取公主啦，那邊已經太擠了，我回去會沒地方睡覺。」我隨口說。

「還有兔子啊！」皓皓興奮地接話，想提醒我月亮上已經有太多居民了，沒有我的位子了。

「月亮上面沒有兔子啦！兔子被我帶下來了，親親就在我身邊啊。」我牽起皓皓的手繼續走。

「是喔。」皓皓歪著頭，若有所思地捏捏我的手，「那妳會永遠在這裡嘍？」

看著皓皓閃爍著期盼的眼神，我忽然想要作弄他。

「人家要把竹取公主留在身邊都必須有寶物才行，像是石缽、玉樹枝、火鼠裘之類的。」我故意扳著手指細數，「如果你要我永遠待在你身邊，那你也要給我五個寶物。」

「我沒有寶物。」他將褲子的口袋外翻，表示囊中空空如也。

「那就許我五個願望啊，你要答應替我實現五個願望。」我五根手指頭張得開開的。

「三個好嗎？」

皓皓還跟我討價還價，但是大方的我不會計較，二話不說點頭。

「如果我實現了妳的願望，妳就要永遠在我身邊。」皓皓的語氣慎重認眞，這倒是我第一次覺得他像個男生。

「一言爲定。」我和他打勾勾，「不過如果你沒有做到，那我就不跟你在一起！」

「我一定會做到的！」皓皓露出笑臉，腮幫子還掛著幾滴眼淚。

我伸手擦掉他的眼淚，兩人小手拉著小手，走進我們住著的那幢大廈裡。

「那他眞的有爲妳實現三個願望嗎？」杜小娟拿起一個白色大花頭飾在我頭上比劃。

「妳覺得呢？」我微笑指著身上的白紗禮服。

「我想我問了廢話。」杜小娟笑個不停。

我看向鏡中別在頭上的那朵白色大花，忍不住皺眉，表明自己的不喜，杜小娟也不囉唆，立刻取下，換上另一個新月造型的水晶髮飾。

這麼巧，杜小娟手邊竟準備有月亮造型的髮飾？

我輕輕一笑，所謂的緣分，大概就是這麼回事吧。

☽

六歲的我，完全沒料到自己會那麼快對皓皓許下第一個願望。

某個禮拜天，我剛起床沒多久，就發現親親縮在角落，一動也不動。

我以爲牠在睡覺，便抱著牠到客廳看電視，還想著是不是天氣變涼了，所以親親的身體才會凍得僵硬。

我想讓親親多睡一會兒，可是過了好久親親仍然沒有醒來，眼看吃飯時間快到了，於是我一邊輕撫牠的身軀，一邊喚道：「親親起床嘍，妳今天睡好久唷。」

任憑我如何呼喚，親親依舊一點反應也沒有。

我不斷喊著要親親起床，眼淚不知不覺掉了下來，然後媽媽把我抱開，爸爸則抱走了親親。

儘管年幼的我還不懂得什麼是死亡，但是當爸爸將親親裝進一個箱子時，我就知道親親要離開了。

　我討厭離別。

　我一直哭、一直哭，不管媽媽說什麼我都聽不進去，把自己關在房間大哭大鬧。也不知道過了多久，皓皓來了，他來到我身旁坐下，輕輕地摸著我的頭，比起媽媽的懷抱，這雙小手竟更能讓我鎮定下來。

「可可，妳不要哭。」皓皓也流著眼淚，「妳哭我也會哭。」

「親親不見了，我怎麼能不哭？」我哭得更大聲，「我要許第一個願望，我要你把親親帶回來，我要親親回來！」

「我……」皓皓眉頭緊皺。

「你做不到，第一個願望你就做不到，你還想我永遠在你身邊？」我甩開皓皓的手，把他推出房門外，並關門上鎖。

「可可，開門！可可！」皓皓不斷拍打房門。

　我知道這是在刁難皓皓，我只是把悲傷和憤怒轉移到他身上，因爲我很難過，自我出生以來就一直陪著我的親親，竟在一夜之間突然離去。

　皓皓拍門拍了大概有十分鐘，才終於停下，輕聲說他要回家了。

　我趴在床上不斷哭泣，最後哭累了，就維持這個姿勢睡著了。

　迷迷糊糊中，我依稀聽見有敲門聲響起，睜開眼睛才發現窗外天色已黑，昏暗的房間裡只有從窗外投射進來的月光。

「可可，開門。」皓皓在門外喊著。

「我要和你切八斷，你說話不算話！」即便一覺起來，我的情緒還是很激動，也不知道到底是難過親親的離去，還是生氣皓皓沒辦法達成我的願望。

「可帆別鬧了！開門出來吃飯！」媽媽過來用力拍了一下房門。

我被媽的怒吼嚇了一跳，皓皓居然找幫手，我再也不跟他好了啦！

不敢違抗媽媽的我，只能乖乖開門，皓皓開心地想牽我的手，我忿忿地甩開他，逕自朝客廳跑去，然後把擺在客廳沙發旁邊的灰色鯨魚座椅踢倒，那是皓皓爸爸買給我們的，紅色鯨魚座椅是我的，灰色是皓皓的，他家也有一組相同的座椅。

皓皓慢慢扶起他的灰色鯨魚座椅，對我露出一個寬容的笑。

我別過頭，賭氣不和他說話。

吃過晚餐後，我依然不理皓皓，自顧自邊吃水果邊看電視，而透過眼角餘光，我知道皓皓一直在看我。

「可可。」皓皓小聲叫我。

「我不要理你。」

「可可，妳來我家一下。」皓皓靠過來拉我。

「不要啦！」我推他，害他一屁股跌坐在地上。

「戚可帆！」爸爸大吼一聲，我再次嚇一跳。

「妳再這樣鬧脾氣看看。」媽媽也搭腔，我覺得好生氣。

「沒關係，可可，妳跟我來一下。」皓皓好脾氣地爬起來，拉著我的手搖了搖。

這種情況下，我不能再繼續生氣，至少不能當著爸媽的面前。

「都是你！害我被爸爸和媽媽罵！」但是一離開家，我在電梯裡立刻又發起脾氣，而且還動手打皓皓。

皓皓並沒有閃躲，也沒有爲自己辯駁，就只是靜靜地牽著我的手去到他家，他熟練地從口袋掏出鑰匙開門。

客廳空無一人，一片黑漆漆的，皓皓的爸爸應該還在外面工作，勝群哥下課後也直接去便利商店打工，因此媽媽都會叫獨自在家的皓皓過來一起吃飯。

皓皓已經很習慣這樣的生活，他打開客廳的電燈，拉著我朝房間走去。皓皓睡的是一張大尺寸的雙人床，房間還有一個陽臺。小時候覺得那個陽臺很美，長大後我卻覺得他爸也太沒神經了，怎麼讓一個五歲小孩單獨住在這樣一個房間？皓皓沒從陽臺掉下去實在是福大命大。

皓皓拉開陽臺拉門，我這才注意到他將灰色鯨魚座椅和紅色鯨魚座椅都搬到了陽臺上，他在灰色鯨魚座椅坐下，接著拍拍紅色鯨魚座椅，叫我也過去坐下。

我雙手扠腰站在原地，一步也不肯移動。皓皓起身把我拉到陽臺上，但我還在賭氣，硬是不肯坐下，最後他也不知道是怎麼想的，竟起身把房間裡的燈關掉。

我生氣地瞪著他：「你幹麼？」

皓皓走回灰色鯨魚座椅坐著，再次拍拍紅色鯨魚座椅，這一次我坐下了，他滿意地笑了，要我看向天空。

天空一點雲都沒有，圓圓的月亮高掛在夜空，月光溫柔地灑落在陽臺上。

晚風吹拂，樹葉搖動的聲音窸窸窣窣響起，我深吸一口氣，而皓皓牽起我的手。

「妳看今天月亮上面的黑點點，是不是比昨天多了一個？」

我哪裡會知道今天月亮上面的黑點點和昨天有哪裡不同，可是我明白皓皓要說的是什麼。

「親親不是不見了，是牠先回月亮上面了。」皓皓柔聲說，「我沒有辦法把親親帶下來，不過，我可以送妳另一個親親。」

說完，他從背後拿出一個兔子娃娃。

不是很大的玩偶，也不是很精美，但牠身上的斑點卻跟親親很像。

「這一個親親永遠不會離開妳。」停頓片刻，皓皓才又說：「不知道這樣算不算實現妳的願望？」

「也許親親太想念月亮上的生活了。」我悶著聲音說，眼淚也沿著頰邊滑落。

「那妳呢？」

「我喜歡這裡，因爲這裡有皓皓。」我擦乾眼淚，認眞地看著皓皓，「謝謝你。」

皓皓露出開心的微笑。

今天的月亮，也許眞的有多出一個形狀像是兔子的黑點。

「我的第一個願望，他算是爲我實現了。」我聳聳肩。

「才五歲耶，虧他想得到。」杜小娟嘴裡咬著髮夾，將我的長髮用電棒夾捲。

「對，就某方面來說，他還眞是天才。」我隨即皺眉，「不過他依然愛哭。」

「小孩子哭哭啼啼很正常。」

我不以爲然地朝杜小娟搖搖手指。

皓皓可不是「正常」的小孩，他大小事情都會拿來哭，我記得小學二年級時，所有人都稱呼我爲「皓皓止哭人」，只要王皓群一哭，他們班上的女生就會跑來找我求救。

「可帆，我們班的王皓群又在哭了啦！」

一個女孩慌慌張張地站在教室門口大喊。

「我馬上過去處理。」我把美少女戰士貼紙本收進抽屜，起身往五班的方向走去。

遠遠就聽到皓皓嚎啕大哭的聲音，其他同學都對我投來同情的眼神。

「可可！」皓皓一看見我，馬上一把鼻涕、一把眼淚地撲向我，差點沒把我撞倒。

「好乖好乖，又怎麼了啊？」我輕拍他的頭安撫，就像是在哄小孩一樣。

「我剛剛……不小心跌倒了！」皓皓哭哭啼啼地嘟囔著，「好痛喔，好痛！」然後指著他膝蓋上那些輕微的擦傷。

「來，我們去保健室。」我替他擦去眼淚，雙頰哭得通紅的他就像是喝醉酒的小天使。

「有什麼好哭的？笨死了。」幾個男生如此嘲笑。

我不予理會，而皓皓也絲毫不受影響，只是淚眼婆娑地望著我，目光滿是依賴。

我們手牽著手來到保健室，路上碰見的師生紛紛搖頭嘆息，表情都寫著「怎麼又來了」，護理師阿姨更是用誇張的語氣大聲說：「又是你呀！王皓群？今天怎麼又哭了？」

接著她拿起一粒小糖果往皓皓嘴巴塞，完全知道該如何應對皓皓。

「好甜。」皓皓的臉頰因爲糖果而鼓了起來，眼淚也止住了。

「他跌倒了啦。」我說，並把皓皓扶過去坐下。

「唉唷，羞羞臉唷，男生怎麼還這麼愛哭？」護理師阿姨拿出酒精幫皓皓膝蓋上的傷口消毒，皓皓皺了一下眉頭。

我坐在旁邊的床上，雙腳來回晃動。

「每次都要可帆照顧你，男生應該要保護女生呀。」保健室阿姨說。但這句話對皓皓一點作用都沒有，皓皓的爸爸早就不知道跟他說過幾百次了。

見皓皓對我露出一個天眞的笑容，我就知道他這次還是聽不懂。

擦完藥以後，我牽起皓皓的手，帶他回到五班教室。

「王皓群，羞羞臉，男生愛女生。」他班上的一個男同學看見我們手牽手，便這樣喊了起來。

我不理他們，反正國小二年級的男生都很幼稚。

「可可，妳放學要來接我喔，我腳痛痛。」我牽著皓皓去到他的座位坐下，他的手卻依然拉著我不放，眼睛還含著一泡眼淚。

我想我這輩子的母愛大概都在這時候被皓皓給激發出來了，我摸摸他的頭，溫柔地對他微笑。

回到班上後，一群女生圍到我身邊七嘴八舌。

「妳每天這樣照顧王皓群不煩嗎？」

「好歹他是男生耶，虧他長得有點帥，可是這麼愛哭眞的很討厭。」

「是啊，這麼說來，他們班的小翰還滿帥的。」

接著她們的話題便轉移到小翰身上去了。我知道小翰是誰，就是剛剛嘲笑我和皓皓羞羞臉的那個男生。

照顧皓皓會不會煩？

當然不會，因爲這已經變成一種習慣。

在兩年前親親死掉的那個夜晚，在皓皓送給我親親布偶那天，我就決定要好好照顧這個男孩了。

放學後，我去到五班的教室後門，瞥見小翰站在皓皓面前，不知道在跟他說些什麼。

我注意到皓皓好像快哭了，於是出聲高喊：「皓皓，回家了！」

皓皓聞聲朝我看來，像是看到救星一樣，立刻一跛一跛地奔向我懷中，小翰氣呼呼地瞪了皓皓一眼，抓起書包從前門離開。

「皓皓乖，回家嘍。」我伸手接過皓皓的書包背到肩上。

皓皓拉著我的衣角低聲啜泣，唉，真拿他沒辦法。照顧皓皓雖然不麻煩，但我希望他至少可以不要這麼愛哭，偶爾也要爲自己反擊才是。

回家的路上，皓皓依然沒有停止啜泣，不管我如何勸慰都沒用。

快走到我們住的那幢大廈時，碰巧遇見勝群哥，他一看見皓皓又在哭就衝過來叨叨念念：「王皓群！你又在哭？又要可帆安慰你，丟不丟臉？」

說完，他用力揉捏皓皓的臉頰。

我知道勝群哥沒有惡意，皓皓圓圓的臉蛋確實超級可愛，我好幾次也忍不住偷捏。

「可可，救命。」皓皓卻因此哭得更大聲了，一直向我呼救。

「勝群哥，不要捏皓皓啦。」我想拉開勝群哥的手，但我的力氣哪比得過高三的勝群哥。

「可帆，妳要教他，而不是寵他。他是男生，難道一輩子這樣哭哭啼啼嗎？」勝群哥忽然一臉嚴肅地看著我。

這我當然知道，可是皓皓才國小二年級，他總有一天會自己領悟到該要長大的呀。

「放開皓皓啦。」所以我只是繼續試圖將勝群哥的手指從皓皓臉上掰開。

勝群哥投向我的眼神變得有些意味深長，但他總算肯放開皓皓，話也沒再說一句就轉身離開。

「皓皓，你沒事吧？」我憐惜地看著皓皓被捏紅的雙頰，又瞪了勝群哥的背影一眼。

「臭哥哥，臭哥哥，嗚嗚嗚嗚。」皓皓口齒不清地罵，腳還胡亂踢著地面。

「乖乖乖，給你秀秀。」我輕撫著他的臉。

我知道皓皓有一天會長大的，但不是現在，也還不需要是現在。

「他跟他哥哥感情不好？」杜小娟問我。

我還沒來得及回答，又有人敲門了。

「可帆！我們進去嘍！」

眞是說人人到，一個西裝筆挺的男人與一個牽著小孩的美麗女人推門走了進來。

「勝群哥，大嫂。」我站起來擁抱勝群哥，也擁抱了勝群哥在三年前迎娶的妻子，接著蹲下身逗弄那個抱著一隻手工縫製的熊娃娃不放的三歲小女孩，「妮妮，我是可帆姊姊唷。」

「姊姊！」妮妮笑盈盈地在我頰上輕輕一啄。

「什麼姊姊？是阿姨吧。」勝群哥哈哈大笑，我生氣地打了他一下。

「哼，乖！妮妮！我永遠都是姊姊唷。」我不理會勝群哥，對著大嫂問：「有看見皓皓嗎？」

不知道他有沒有去看禮金收得怎麼樣？

「他正在外面一邊發抖，一邊練習等等要對妳說的話呢。」大嫂抿嘴一笑。

「早就叫他練習了，他卻總是推說還有時間。」我隨口抱怨，注意到勝群哥正定定凝視著我，我不好意思地摸摸頭髮，「怎麼了嗎？」

他像是張口要說什麼，最後卻只搖搖頭，嘆了口氣：「抱歉，婚禮我什麼忙也沒幫上。」

我微微一笑，拍拍他的手臂，「沒關係的，我想皓皓也不會介意。」

勝群哥也笑了，神情浮現幾分感慨，「當年那麼小的兩個孩子，如今都已經長這麼大了。」

拜託千萬不要在這個時候跟我說什麼感性的話，我趕緊轉移話題，指著妮妮說：「以後你女兒也是會嫁人的啊。」

勝群哥陡然臉色一變，哭喪著臉大聲說：「不行，我不准，誰也別想把妮妮從我身邊帶走！」

說完，他冷不防蹲下身把妮妮抱起來，嚇了她一大跳，她不滿地伸出小手推了推勝群哥的肩膀，似是想掙扎下地。

「幹麼那麼粗魯！爸爸壞壞。」大嫂連忙安撫妮妮。

看著眼前這對幸福的夫妻，我忍不住笑了。

「好啦，我們先去外面看看情況，妳快點準備吧！」勝群哥帶著大嫂、妮妮步出新娘準備室。

「那就是他哥哥。」我爲杜小娟進行遲來的介紹。

「非常有趣的一個人。」杜小娟將化妝水倒在掌心上，再輕輕往我臉上拍打。

「他很疼皓皓，只是他覺得家裡沒有媽媽，爸爸也在外努力工作，所以大皓皓十歲的他，很早就認定自己必須肩負起教育皓皓的責任。」

杜小娟垂下眼睛，似乎有些爲勝群哥年紀輕輕就得提前長大而感到感慨。我勾起嘴角，繼續述說我和皓皓的故事。

第二章

我和皓皓躺在他房間的雙人床上看著天花板上的螢光貼紙，關掉燈以後，那些貼紙就像是眞正的星星，在黑暗中發出微弱的光芒。

「爸爸說，那些星星是媽媽幫我貼的。」皓皓天眞地指著天花板上的螢光星星。

「你會想媽媽嗎？」我問他。

他沉思了一會兒，才緩緩回道：「其實我也不知道，我一直都沒有媽媽，所以我想像不出媽媽是什麼樣子。」

「就像我媽媽一樣啊！」

「可可的媽媽又不是我媽媽。」皓皓認眞地反駁，「不過雖然我對媽媽一點印象也沒有，但如果有人說我媽媽的壞話，我想我還是會很生氣吧。」

「那是當然的呀！」我坐起身對皓皓說。

誰敢說皓皓媽媽的壞話，我一定揍死他。

「不管怎樣，可可都會保護我的。」皓皓這話說得一點都不害臊。

而我也非常有男子氣概地拍胸補向他保證，我一定會保護他的。

我以爲不會有人做出說皓皓媽媽壞話這種缺德的事，然而是我把小孩子想得太簡單了。

隔天去到學校，當我在教室裡和朋友爭論到底誰才是眞正的月光仙子時，有人跑來通知我皓皓又哭了。

於是我立刻出征，原以爲皓皓又是爲了什麼芝麻蒜皮的小事而難過，但當我看見小翰站在皓皓面前時，我就知道一定是那死小子害皓皓哭。

我氣呼呼地瞪著小翰，皓皓馬上衝過來抱住我，雙頰爬滿晶亮的淚痕，而小翰則一臉憤怒地看著我，離開前還故意用身體用力撞了一下皓皓，我氣得罵他神經病。

小翰的反應讓我感覺有些奇怪，但我急著安撫皓皓，一時無暇多想。

皓皓結結巴巴地開口：「我這樣一直哭，妳會不會討厭我？」

「什麼？」我驚訝地張大嘴巴。如果因爲這樣就討厭他，那早就討厭了。

「小翰說妳會討厭我。」

「你不要理他，我最喜歡你了。」我輕拍他的臉頰。

四周的同學聽到我這麼說，無不竊竊私語。

接下來的發展完全可以想像得到，不，當時的我其實是想像不到的，畢竟那時候我還只是小學生，我第一次體會到流言的傳播速度如此之快，以及竟能如此扭曲原意。

戚可帆喜歡王皓群——這樣的謠言甚囂塵上，不過我是不會搭理這種事的，皓皓同樣也不受影響。現在回想起來，我們兩人在男女之間的情感上，著實晚熟得很。

所以我們兩個依然不避嫌地一同手牽著手放學回家，畢竟最重要的是彼此，那種傳言才不重要呢。

但是某天放學的時候，皓皓卻一副無精打采的樣子，我問他怎麼了，他卻回說沒事，我注意到他左邊的眉毛微微上揚。他每次說謊左眉就會不由自主地揚起，這件事我很早之前就發現了，只是從來沒跟他提過。

儘管知道他在說謊，但我想也許他很快就會恢復精神，便不再多問，畢竟自行消化情緒也算是成長的第一步。

然而在隔天前往學校的路上，他卻仍垂頭喪氣，我終於忍不住了。

「皓皓。」我雙手握住他的肩膀，「你怎麼了？」

「沒有。」他的笑容十分勉強，左眉高高抬起。

他這個樣子怎麼可能沒事！

這實在太反常了，他平常任何大小事都可以拿來哭，爲何現在明明有了委屈卻什麼都不說？

「你到底怎麼了？」我再問他一次，表示不容他迴避。

「我只是……」皓皓垂下眼睛，「昨天忘了帶水彩。」

就因爲這件事？

「小翰也忘了。」皓皓接著說，「他打電話給他媽媽，他媽媽就幫他送水彩過來了。」

我沒有說話，皓皓的肩膀微微顫抖。

「昨天晚上睡覺的時候，我看著天花板上的星星，突然有點想媽媽。」皓皓露出一個難看的笑容，「就為了那樣一點小事，讓我突然很想媽媽。」

平時有事沒事都能放聲大哭的皓皓，臉上居然掛著笑容。

「皓皓有我。」我難過地抱住他。

「可可也有我。」皓皓也回抱住我。

就算世界上所有人都背棄我們，我們也還有彼此，我和皓皓在此刻深切感受到這一點。

去到學校之後，我們分別前往各自的教室。

第三堂是體育課，我站在操場上，對著坐在教室窗邊的皓皓招手。

同樣坐在窗邊的小翰瞪了皓皓一眼，又看了看我，我實在不明白他幹麼那麼討厭皓皓。

然後在打掃的時候，五班女生又急匆匆地跑來教室找我了。

「王皓群又哭了。」

我有些不好意思地問她：「又怎麼了嗎？」

「這次是小翰太過分了。」五班女生回答我，臉上浮現不平之色。

不明原委的我立即拋下掃把，快步奔至五班教室門口，目睹的畫面卻讓我感到詭異，柔弱愛哭的皓皓這次竟一反常態，用惡狠狠的表情瞪著小翰。

「皓皓？」

皓皓一看見我來了，神態迅速恢復柔和，哭哭啼啼地朝我跑來。

「你對皓皓做了什麼？」我問站在講臺上的小翰。

小翰沒有回答我，而皓皓扭頭向小翰大喊：「我就是只能給爸爸簽名。」

「這次聯絡簿只能給媽媽簽名！不能給爸爸簽名！」小翰也不甘示弱地咆哮。

我頓時明白了，小翰故意拿皓皓沒有媽媽這件事來氣他。

現下的單親家庭並不少見，不管原因為何，都不應該遭受異樣的眼光，相反地，我認為因為體認到不適合而分開的夫妻，比為了孩子而勉強在一起還要勇敢且正確。況且，皓皓的媽媽是因病去世，小翰怎麼能拿這種事來刺傷皓皓！

「你不要那麼故意！」我斜眼看著小翰，語氣有著毫不掩飾的鄙夷。

「我故意什麼，就拿給媽媽簽就好啦！」

小翰漲紅著臉走過來，我將皓皓往我身後藏。

「每次都要躲在女生後面。」小翰邊說邊伸長了手挑釁地推著站在我身後的皓皓，無論我怎麼阻攔，他依然不肯停手，力道還越來越大，推得皓皓幾度站立不穩，還哭著喊痛。

我好生氣，真的真的好生氣，所以我還手了，也用力推了小翰一把，「我警告你，不要再惹皓皓！」

小翰雖然憤怒，卻避開我的目光，眼睛直勾勾地瞪著皓皓，「什麼皓皓！噁心死了！」

他試圖把皓皓從我身後拉出來，我當然不讓，立刻轉身將皓皓往旁邊一推，推擠之間小翰收勢不及，將我整個人撞往牆壁。

老實說，我並沒有覺得很痛，但就是突然提不起力氣，只能倚著牆壁軟軟倒下。皓皓看著我的雙眼充滿驚慌，接著像是發了瘋似的和小翰扭打起來，我想叫皓皓住手，我怕他會受傷，卻怎麼都發不出聲音，眼皮也變得好沉重。

我不由自主閉上眼睛，皓皓似乎衝到了我身邊，他大聲呼喊著我的名字，然後漸漸地，我什麼也聽不見了……

等到再次睜開眼睛，我發現自己躺在保健室的床上。

「可可。」一見到我醒來，皓皓立刻從椅子上彈跳起來，衝上前握緊我的手。

他臉上滿是淚痕，也有一些擦傷。

「怎麼還在哭？」我聲音乾啞，喉嚨發疼，像是好幾天沒喝水。

「妳嚇死我了！妳剛剛暈過去了！」皓皓的表情驚魂未定。

「你是不是和小翰打架了？」我想起失去意識之前看到的那幕畫面，皓皓打架比天降紅雨還要稀奇呢。

「他推妳，我很生氣。」皓皓捏緊了拳頭，「而且他還笑我沒媽媽。」

他臉上的憤怒瞬間轉為低落惆悵。

我微微一笑，輕聲唱起歌來。

天上的星星不說話　地上的娃娃想媽媽
天上的眼睛眨呀眨　媽媽的心呀魯冰花
皓皓沒有打岔，安靜地聽著。
家鄉的茶園開滿花　媽媽的心肝在天涯
夜夜想起媽媽的話　閃閃的淚光魯冰花

〈魯冰花〉詞：姚謙　曲：陳陽

不知道爲什麼，那時我忽然想起這首歌，並且很想唱給皓皓聽。皓皓的眼淚滴落在我們交握的手背上，這首歌成了我們童年最哀傷卻也最爲深刻的回憶。

我一直以爲，皓皓還會愛哭上好幾年，但「成長」這件事總是來得措手不及，他彷彿在一夜之間長大。

也許是因爲我昏倒這件事，在他心上造成了很大的陰影，那天之後，他就沒在我面前哭過了，雖然有時候我還是會從他臉上發現哭過的痕跡，甚至也曾偶爾瞥見他躲在學校花圃偷偷擦眼淚。

我認爲他在逞強，也由衷認爲他可以再繼續依賴我沒關係，然而直到時間一天天過去，我才不得不承認，他已經不再是那個需要我擋在他身前保護他的愛哭天使，爲此我感到有些遺憾。

不過除了不在人前哭泣以外，皓皓並沒什麼改變，他每天還是會在一樓管理室等我一起上學，放學也還是一樣會牽著我的手一起回家，就像日出日落般理所當然。

升上五年級後，我和皓皓被分到同一班，那時候的皓皓個頭迅速抽高，幾乎比班上第二高的男生還高出一顆頭，加上他早已不再終日跟在我身後哭哭啼啼，他的異性緣自然蒸蒸日上。

常常有不認識的女生跑來問我是不是跟皓皓在一起。

「我們當然在一起。」我的心態和過去沒差多少，我和皓皓每天形影不離，這樣就是在一起啊。

不過那天放學回家的時候，皓皓卻憂心忡忡地拉著我的手，像是在澄清似的對我說：

「我們沒有在一起。」

「我們是在一起啊。」我不服氣地舉起我們十指交扣的手。

「這樣不叫『在一起』。」

「那怎樣才叫『在一起』？」

皓皓做了幾次深呼吸，「『在一起』是指男女朋友交往。」

「那怎樣才算男女朋友？」

「男女朋友會約會、接吻、擁抱。」他搔了搔頭。

「這些事我們都做過啊。」我大笑。

「可是妳喜歡我嗎？」

「喜歡啊。」我笑著側轉過頭看他。

皓皓先是一愣，接著也回了我一個微笑。

雖然不明白他剛剛那段話是要表達什麼意思，但是從他嘴角勾起的弧度能看出他心情很好，我們互相踩著彼此在太陽下的影子，一路打打鬧鬧回家。

「妳啊，爲什麼不請妳媽媽替妳縫上新的鬆緊帶呢？」走進電梯，他歪著頭打量我頭上的帽子。

學校規定我們上學和放學都要戴帽子，帽子下方有一條鬆緊帶。我問過老師，爲什麼帽子要有鬆緊帶，老師說如果沒有鬆緊帶套住下巴，風一吹，帽子就會飛走，而小朋友就會追著帽子跑，一不小心可能會跌倒，甚至被車撞。

我因爲手賤，老是拉著鬆緊帶讓帽子在空中轉圈，久而久之，鬆緊帶就鬆掉了，我索性將把失去作用的鬆緊帶剪掉，就這樣戴著不合格的帽子行走江湖。

「反正就快升上六年級，然後就要畢業了，到時候就不用再戴帽子了，所以不必多此一舉。」我算盤打得很精。

「就不要被主任抓到。」皓皓眼中流露出幾分擔憂。

「不會的，我會掩飾得很好的！」

「妳那時候宣稱的『在一起』，和皓皓說的『在一起』，是同樣的意思嗎？他那時候就明白所謂的男女朋友是指什麼嗎？他是想要和妳成爲男女朋友嗎？」杜小娟的問題宛如連珠炮般一個接一個，卻絲毫不影響手上的動作，她調和兩種不同色號的粉底液，又加入些許亮粉，才滿意地將最終成品塗抹到我的臉上。

「應該只是一知半解吧。」我閉上眼睛，「畢竟那時候的我們，都只是從電視或漫畫裡模模糊糊瞥見愛情的輪廓。」

「那……」杜小娟語帶遲疑。

我張開眼睛，發現她正看著桌上那一疊婚紗謝卡。

「那時候的我們，的確喜歡著對方，只是不是大人所認知的那種喜歡。」

孩子的「在一起」，和大人的「在一起」不一樣，我和皓皓當時單純就只是想要在一起，陪伴在彼此身邊，一起笑，一起哭。

我也看了一眼那疊謝卡，謝卡上的新娘笑得很燦爛。

「戚可帆和王皓群又在手牽手了啦！」

「走開啦，在你們身邊就好熱！」

「喜酒一定要請我啊！」

隨著時間過去，旁人這些意有所指的話語有增無減，我和皓皓卻從來不曾在意，然而天底下沒有什麼事情能永遠不變，我們也不能永遠不長大。

國小六年級那年，初潮沒有預兆地來臨，我忽然意識到男生和女生之間的差異。

當皓皓一如往常那般自然而然地牽起我的手時，我卻下意識甩開，這讓皓皓驚訝得瞠大了眼。

我也說不出原因，就是覺得與皓皓這樣肢體接觸，讓我感到相當不好意思。

「不是啦，是因爲……你看嘛！我們這樣牽手，不是怪怪的嗎？」我揪著衣襬，想掩飾自己的緊張。

「不是從以前一直都這樣嗎？」皓皓不解。

「反正，就是不要啦！」我兩手拉著書包的背帶往前跑，清楚感覺到雙腿間正流淌出一股溫熱的液體，腹部也悶悶的，當女生眞是麻煩。

皓皓快步追上我，並拉住我的手，而我又再一次甩開他。

班上幾個男生正巧從一旁的路口走過來，看見我們在大街上拉拉扯扯，便興高采烈地大喊：「吵架嘍！夫妻吵架嘍！」

「才、才不是！」我生氣大吼。

「你們閉嘴啦！」皓皓也對他們大吼。

那幾個男生大概是第一次見到性情溫和的皓皓如此失態，不由得更樂，竟跑到我們跟前繼續起鬨。

「夫妻吵架羞羞臉，床頭吵，床尾和，甜甜蜜蜜牽手上學去。」

明明都已經是國小六年級的學生了，他們怎麼還能這麼幼稚？

我因為這樣的惡意捉弄而很不高興，在正常的情況下，我應該會把他們抓起來打一頓，或是將他們罵個狗血淋頭，但可能是經期所致，我的反應居然是紅起了臉，並掉了兩滴眼淚。

這讓在場所有男生全愣住了，皓皓的表情像是外星人忽然出現在他面前一樣，該說是震驚還是不敢置信？我來不及分辨，立刻拔腿就跑。

對於那樣「女生」的反應，我感到羞愧。

那天直到第一節課結束後，皓皓才和那幾個男生一同進到教室，每個人都鼻青臉腫，說是打了一架。

趁著下課，我拉著皓皓去到中庭的花圃旁邊，打算好好審問他。

「你們幹麼打架？」我很生氣，繼小翰之後，皓皓就沒再跟誰打過架了。

「男生本來就會互相打來打去。」他避重就輕地答道。

「是你先動手的？」我很清楚，除非皓皓這個好好先生發脾氣，不然根本沒人會和他起衝突。

皓皓不說話，我又把同樣的問題重複一遍，表示不容他逃避。

「才不是。」皓皓說。

哼哼，我看見你左邊的眉毛在動了。

「你說謊，就是你找他們打架，說！爲什麼？」

謊言被我看破，皓皓有些驚訝，但他繼續嘴硬，「沒爲什麼，他們走路踩到我的腳，所以我不爽。」

沒錯，不哭的皓皓拾回他的男子氣概，連同男生那種討人厭的講話方式他也一併拾回了，和他小時候那純眞軟萌的天使模樣天差地遠。

而且他的左眉依然高高揚起！

「你騙人！」我仔細回想早上發生的事，倒抽一口氣，「你該不會是因爲我……」

皓皓整個人彈跳起來，「怎麼可能啊！」

他的左眉往上挑得不能再高了，我太明白了，他做的任何事情都是有理由的。

「你就是！你就是！你就是爲了我！」我尖叫。

「我沒有，妳亂講！」皓皓極力否認，整張臉卻漲得通紅。

「你永遠無法對我說謊。」我拍拍他的肩膀，順便感謝他爲了我打架，但還是告誡他不該動手。

被拆穿謊言的皓皓咬緊牙根，不再說話，像是自尊受創。

因為這一場架，從此再也沒人敢亂開我們玩笑，但皓皓也不再牽著我的手，更不再等著我一起上下學。

「這麼極端？」杜小娟停下動作。

我定睛端詳鏡中的自己，臉上肌膚不僅細膩滑順，還閃爍著晶亮的光澤，粉底液還眞是神奇啊。

「或者應該說，那樣才是正常的吧。」那時候的皓皓變得像陌生人一樣，不和我一起上下學就算了，就連在學校也不和我說話。

大概是因爲我揭穿了他的謊言，讓他很沒面子，所以他才不理我，而且我也合理懷疑，他察覺自己在說謊時會挑起左眉，因爲自那次之後，皓皓便留長了劉海，不偏不倚正好遮住他的左眉。

少了左眉的提示，我有時會分不清楚皓皓說的話是眞是假，但諒他也沒膽騙我。

想起剛剛杜小娟將皓皓的頭髮全部往上抓，仔細一算，扣除掉當兵那年不算，在這之前，我居然已經有十三年沒看過皓皓露出額頭了。

「那最後你們是怎麼和好的？」杜小娟問。

我忍不住嘆氣，那眞是戚可帆人生中最丟臉的事排名前三名。

校園情侶簡伊凡和王皓群吵架啦！

這是當時學校最流行的一則八卦，托皓皓好得可怕的異性緣之福，我幾乎沒有什麼女生朋友，國小女生就已經會爭風吃醋，甚至排擠對手。

最讓我不敢相信的是，明明皓皓以前就不擅於跟女生相處，如今卻宛如脫胎換骨似的，不僅不再拒女生於千里之外，還經常對女生展露笑容。當他廣受女生歡迎之際，我就成了眾矢之的。

過去因爲不理解「在一起」的定義，只覺得我和皓皓感情很好，時常陪在彼此身邊，一起上學、一起玩耍，所以我才會說我們「在一起」。

但現在我完全理解其中的差異，可是已經來不及了，大家早就認定我和皓皓是男女朋友的那種「在一起」。

面對皓皓這樣奇怪的態度，我忍了兩天就受不了。

見他又背起書包打算自行回家，我立刻衝上前從後方揪住他的衣領，把他整個人往後拽，他腳步踉蹌了下，差點站立不穩。

「妳幹麼！」他氣呼呼地責怪我。

「你幹麼都不理我？」我開門見山地問他。

班上同學在一旁竊竊私語，我就是要向大家證明我和皓皓只是青梅竹馬，才會選在教室裡質問他。

「我哪有！」

題外話，雖然皓皓在往後的十三年都留著長劉海，成功蓋住了左邊的眉毛，但這時候的他，劉海還沒來得及長長，所以我能清楚看見此刻他的左眉正往上揚起。

「你別說謊！」

我一吼完，他馬上轉過身，不肯面對我。

「快說，爲什麼不理我？連放學你也自己先走。」我不肯罷休。

不僅班上同學全都將注意力放在我們身上，就連窗邊也聚集了好幾個別班的學生駐足圍觀。

皓皓耳根泛起一片潮紅，「吵、吵死了！」

「什麼？」我因爲驚訝而張大了嘴巴。

「我們都幾歲了？幹麼做什麼事都要黏在一起？不過就是住在同一棟大廈的鄰居而已，我有我自己的朋友，妳不要一直煩我好不好？」

我簡直不敢相信這種惡毒的話會出自皓皓口中，在場所有人都發出了驚呼，看好戲的公主幫成員更噗哧笑出聲來。

再來個題外話一下，「公主幫」是我替那些暗戀皓皓的女生所取的稱號，她們稱皓皓是王子，所以她們當然就是公主嘍。

皓皓從來沒對我說過如此過分的話，而且還在大庭廣眾之下那麼不給我面子，說得好像我是倒貼的女人，始終黏著他不放！

好啊，翅膀硬了啊你！

我火氣騰騰冒了上來，大聲回罵了他幾句，順便再往他臉上補了一巴掌，最後帥氣地背上書包走出教室，完美！

當下十分痛快，可是走出學校沒多久，便有一股難過的情緒在我胸口揮之不去。

我和皓皓開始了一場漫長的冷戰。

我跟自己說，沒有皓皓當跟屁蟲，我才樂得輕鬆，雖然沒有人可以幫我寫功課、雖然一個人上下學有點無聊、雖然爸媽一直問為什麼皓皓沒來家裡，雖然有很多雖然，可是我絕對不會先跟皓皓說話的，是皓皓的錯，我莫名其妙就被他推出他的世界。

反觀皓皓，他的生活好像完全沒有受到任何影響，依然過得相當自在，每天跟那群公主幫成員玩得不亦樂乎，氣死我了！

於是我開始思索著，有什麼辦法能讓皓皓主動跟我說話。

當時六年級每班要輪流推派代表，擔任升旗典禮的司儀與升降旗手，雖然我功課不怎麼樣，但是出眾的儀態與氣質讓我獲選為升降旗手，喔，好吧，其實是擔任升降旗手的同學臨時怯場，老師沒有辦法，才找我這個勇敢的女孩代替。

第一天我順利完成任務，站在升旗臺上雖然有點緊張，可是當全校師生都看著我手中的國旗並唱著國歌時，讓我感覺自己像是在做一件很重要的事，一做就上癮了，索性把這個職位搶過來不說，甚至還會去求別班讓我代打。

我會做這些，很大一部分原因就是想皓皓來跟我說一句「妳好厲害」，或是「辛苦妳了」，可他卻依然當我是空氣，對我視而不見。我非常生氣，甚至考慮動用他應許過我的剩下那兩個願望，讓他重新搭理我。

不過在我做下決定之前，卻發生了一樁意外。

那天我一如往常在升旗典禮上擔任升降旗手，全校師生也一如往常看著我手中的國旗唱國歌，之後當國旗歌的音樂響起時，我一如往常拉著線讓國旗沿著旗桿緩緩上升，可是這時卻發生了件不同往常的事。

一陣強風迎面吹來，我頭上的帽子幾乎就要被風吹起，便下意識用雙手壓住帽子，這意味著同時我也放開了繩子，國旗從半空中直直墜下。

全校師生哄然大笑，理應安靜肅穆的升旗典禮還在進行，大家卻笑得幾乎停不下來，我趕緊再度握緊繩子，迅速將國旗拉高至與國旗歌相對應的高度，大概是因爲國旗上升速度飛快，眾人笑得更大聲了，我還聽到有人說「國旗升好快」。

我羞紅了臉，顫抖著手把繩子固定好後，恨不得立即回到臺下找個洞躲起來。

「在幹什麼?升旗是可以這樣隨便的嗎？」主任突然站到升旗臺下對我破口大罵。

我被罵呆了，腦袋一片空白，連解釋的藉口都想不出來。

「妳爲什麼帽子沒有鬆緊帶？那一班的？」

「我……」

「那一班的說不出口啊？」

「三……班。」我眼淚掉了下來。

「等一下去我辦公室報到！」主任說完轉身就走。

全校鴉雀無聲地目睹了剛剛那一幕，這有多丟臉、多難堪啊。我之所以用雙手壓住快要飛走的帽子，那完全是下意識的反射動作，就像如果有人近距離在你面前揮手，你會下意識閉起眼睛是一樣的道理。

我想起皓皓先前的叮嚀，還有老師諄諄的警告，我怎麼知道人的神經反射如此靈敏、如此不受控制，更想不到這麼丟臉的事會發生在自己身上。

走下升旗臺的階梯，我站在旁邊等候朝會結束，眼淚嘩啦啦地流個不停，師長在朝會上說了些什麼，我一個字也沒聽進去，只是一直哭，就連朝會都已經結束了，我依然站在原地低著頭默默流淚，直到有雙鞋子出現在我的視線裡。

即使我們吵架了，即使我們好幾個禮拜沒說過話了，即使我沒有抬頭，但我就是知道，這雙鞋子的主人是皓皓。

「早就叫妳要去補鬆緊帶。」他話中雖帶著責備，語氣卻輕柔無比。

我還是沒有抬頭看他，我不想讓他知道我在哭。

「不要再哭了啦，我陪妳一起去找主任。」可就如同他瞞不過我一樣，我也瞞不過他，他自然而然地牽起我的手，我忿忿地甩開，抬頭怒視著他，將所有情緒發洩在他身上。

「你不要理我啊，你不是不理我嗎？」我對他發脾氣。

在他面前，我一直都像個高高在上的女王，現在卻狼狽地哭喪著臉，這和過去我為親親的離去而哭泣不同，這種被人罵哭的丟臉模樣，我實在不想被他看見。

「我沒有不理妳。」

不用看他的眉毛我也知道，皓皓說謊，他明明就不理我，為什麼不承認？

「你去找你的朋友啊！不要理我啊！」我的喊叫聲引來一群六年級的學生駐足圍觀，包括小翰。

「可可，如果妳想讓大家看笑話的話，請便，還是要我請小翰陪妳去找主任？我想他會很樂意。」

「你怎麼用這種口氣和我說話！」我不可置信地說，皓皓居然會頂嘴了！

皓皓用一種似笑非笑的表情看著我，「走吧，我的可可女王。」

然後也不管我答不答應，他逕自上前握緊了我的手。

「就這樣和好了？」杜小娟詫異。

「就這樣和好了。」我點點頭。

「這是你們第一次吵架？」

「我們根本沒吵架。」我笑了。

皓皓很奸詐，不跟我道歉，也不說清楚爲何當時對我的態度那麼差勁，就這樣假裝什麼事都沒發生過似的與我和好。

爲了展現我的大度，我也沒跟他計較。

所以我們又恢復做任何事都黏在一起的相處模式，但我們不再牽手了，畢竟我們已經到了明白牽手代表著何種意義的年紀。

學校再次盛傳校園情侶復合，公主幫哭天搶地，我也懶得解釋，反正謠言的壽命不過七七四十九天，總有一天大家會發現，我和皓皓眞的只是很好很好的好朋友。

只是我沒想到，只要我和皓皓之間的相處模式沒有改變，這樣的謠言依然會在我們升上國中後捲土重來。

第三章

我本來就不太會念書，國小成績勉強可以維持中上，升上國中後，便再也無力遮掩自身的資質愚笨，而皓皓和我相反，不僅成績出色，還展現了他天生優異的領導能力。

「戚可帆，妳和王皓群有在一起嗎？」

「沒有，順便一提，這是我升上國中以來第十二次被問了。」

「那可以幫我把這個拿給王皓群嗎？」

「可以，順便一提，這是我升上國中以來第二十五次幫他收情書了。」

國中女生比較聰明，懂得事先求證，縱使她們並不眞的相信我沒有和皓皓交往，卻還是要我幫忙遞情書，追求死會活標。

所以我就變成皓皓的情書收信員，老實說，這項工作眞是吃力不討好，不死心的公主幫都會追問我後續情況，我哪會知道啊！

「妳別再收不就好了？」皓皓玩著瑪利歐電玩，那一大疊情書都被他丟在一個小箱子裡。

「不收的話，大家會誤會我們在一起吧。」我躺在他房間的床上，煩惱地滾來滾去。

「妳以前不是都說我們在一起嗎？」皓皓趁著遊戲空檔側過頭看著我笑。

「你以前也說我們沒在一起啊。」何況我們眞的沒有在一起。

我也不是真那麼愚笨，隨著年齡增長，我漸漸理解，一直處得很好的我們，並不是「男女朋友的在一起」，而是「青梅竹馬的在一起」。

「也是。」皓皓同意我的話，關掉電玩，將那個放滿情書的箱子拿過來，「那就來看看這些信吧。」

「咦？你終於要看嘍。」我湊過去看著他拆開一個灰色信封，裡面的信紙也是灰色的。

「她有調查過唷，知道你喜歡灰色。」

皓皓沒說話，迅速看完那封信就將它放回小箱子。

「怎麼了？」

「她連字都是用灰色的筆寫的，我看得眼睛好痛。」

「挺愚蠢的。」我哈哈大笑。

他把一疊還沒拆過的情書遞給我，「不喜歡的就丟掉吧。」

「是要讓我過濾嗎？」能光明正大閱讀別人的信件內容，這種任務我十分歡迎，我立刻打開第一封，「字太醜，淘汰。」

「我看妳想做這件事很久了。」皓皓淡淡地說。

我注意到他挑起了右眉，但我看不見他的左眉是否有何變化，此時他的劉海已經長到可以遮住左眉了。

我繼續一封封拆信，然後以錯字太多、文筆不好、字跡用色太多、圖案畫太醜、內容太膚淺等各式理由，淘汰大部分的情書。

「跟我告白的人都這麼糟糕嗎？」皓皓看著我扔在床尾的信紙，皺著眉頭說。

「不是她們太糟，是你太好。」

「什麼？」

「是你太好，」我又扔了另一封信到床尾，「所以要配你的女生必須更好。」

「哇，妳是在誇獎我嗎？」皓皓坐到我身旁。

「那當然。」我抬起下巴開心地說。

他輕輕地笑了，將頭靠上我的肩膀。雖然我們不再牽手，但讓出肩膀或是胸膛給另一個人休息，這樣的相處默契仍然沒有改變。

「不用再看了。」他拿走我手上的信。

「幹麼？不是要過濾看看有沒有不錯的嗎？」

「妳以後不要再收情書了。」他看著我說，「妳就說我都不看，全都直接扔了。」

「這樣你就變壞人了。」

「妳知道我不是就夠了。」

我點頭，其實幫他收情書也挺累的，這樣我也比較輕鬆。

於是自那天起，我就不再幫皓皓收情書了，我把皓皓形容成絕世大壞蛋，說他收到情書後一律撕掉，甚至還會因此討厭對方。不到一個月，就再也沒人寫情書給皓皓了。

「妳知道大家把我罵得很難聽嗎？」星期六晚上，皓皓在我房間教我寫作業時說。

考書。

「我知道你不是就夠啦，不是嗎？」

「太極端了妳。」他說，「算了。妳這邊為什麼是代這個公式？」

「不是這個嗎？唉唷，不要再教我數學了啦，你不覺得數學很有問題嗎？」我闔上參考書。

「有問題的是妳的腦袋吧！」皓皓再次翻開參考書，「妳期中考數學居然只考二十分，妳忘了妳媽看到成績單差點暈倒嗎？」

「我本來就不喜歡念書啊，當笨蛋也沒什麼關係。」我要賴地趴在參考書上，表達自己毫無努力的意願。

「那妳以後要做什麼？」

「又不是一定要成績好才能找到工作，而且你那麼聰明，以後我靠你就好啦。」我拍拍他的肩膀，卻見皓皓突然臉紅。

「靠我？那妳要嫁給我嗎？」

我伸出手指頭開始羅列條件，「要娶我的話，聘金要五百萬，婚禮會場要以紫色調布置，每一桌都要放紫玫瑰，鑽戒要五克拉，還有蜜月旅行地點是馬爾地夫……」

「妳搶錢啊？」他對我翻白眼。

「他跟妳求婚了？」正在幫我畫眉毛的杜小娟忽然尖叫。

「那哪是求婚。」我摀起耳朵。

「那些條件妳是認眞列的？」

「當時確實是認眞的。」我指了指門外，「妳有仔細看過會場了嗎？」

她放下眉筆，打開婚禮準備室的門探頭望出去，然後轉頭對我露出心領神會的笑。

「他記得妳說過的話，婚宴會場的主色調是紫色，每張桌子上都擺著一朵的紫色玫瑰。」

「對，這讓我十分感動，我只提過那麼一次，這麼多年過去，他卻始終記在心裡。」

皓皓總是這樣，把我說過的任何話語都放在心上，我何其有幸，能在此生遇見他。

當皓皓問出那一句「那妳要嫁給我嗎？」時，我其實被嚇到了，明明他幼稚園的時候還說要當我的新娘子呀。

男孩子成長的速度，比我想像的還快上許多。

我看向手上那不只五克拉的鑽戒，我所獲得的，眞的太多太多。

皓皓在國二時迅速抽高，聲音也變得低沉，理所當然，公主幫的成員也與日俱增。

小時候皓皓黏著我，是因爲他不懂得如何跟女生相處；但現在他簡直如魚得水，哄女孩對他來講一點也不困難。皓皓對待任何女生都很溫柔，這樣的他老是被我罵濫情。

他聳肩回了句：「大家都是好朋友。」

我彷彿看到一個未來會傷遍少女心的情聖誕生，而關於我和他的流言傳得更是誇張。不管我和皓皓再如何強調我們沒有在一起，但我們每天都形影不離，確實讓別人不懷疑也難。

後來不知道我腦袋哪一根筋斷掉了，我的女性意識再一次被激發出來，或者也可能是我自我意識過剩，但就是在這樣的情況下，迎來了我和皓皓之間的青春尷尬期。

事情發生的導火線是所謂的「英雄救美」。

有一天在上體育課的時候，大概是因爲正値經期，加上太陽太烈，導致一向身體強壯如牛的我倏地變成嬌弱的林黛玉，雙腳一軟，眼看就要暈倒在地，而明明站在幾公尺之外的皓皓，卻有辦法在千鈞一髮之際跑過來抱住我，然後用眾多女生夢寐以求的公主抱方式將我抱去保健室。

一直以來，不管皓皓是不是變高了、變帥了、變油條了、不再愛哭了、受歡迎了，不管皓皓怎麼改變，他在我心中始終都是那個愛哭的跟屁蟲天使。

可是這一切卻在他抱起我的這一秒起了翻天覆地的變化，在他抱起我的這一瞬間，我清楚地察覺到他是個男孩子。

這令我猛地感到害羞，對於自己以前竟能夠毫不在意地在他面前做出放屁、摳牙齒、挖鼻孔等舉動感到不可思議，並且眞正意識到，比起一般男孩子，皓皓的確是特別受女生喜愛的類型。

所以當皓皓在放學後一如往常地拍拍我的肩、找我一起回家時，我立刻斷然拒絕。

「妳幹麼？今天跟朋友有約？」皓皓滿臉疑惑。

「就、就沒幹麼啊！」而且托你的福，我根本沒有半個親近的女性朋友。

「妳在生什麼氣？妳臉怎麼這麼紅？發燒了嗎？」他伸手探向我的額頭，我趕緊退後一步。

「妳到底怎麼了？」皓皓笑了出來，手又伸過來。

「你、你不要隨便碰我啦！」

說完我就轉身跑開，留下一頭霧水的皓皓。

自隔天起，我開始刻意提早出門上學，放學也會快速逃離教室，就是不讓皓皓有機會跟我單獨相處。

我一直都把皓皓定義爲親密的青梅竹馬，從未牽涉其他，突然意識到他的存在似乎已然變得有些不同，我難免心生慌張，而我討厭這種不熟悉的情感在我心中亂竄。我以爲自己將這樣的情緒隱藏得很好，但皓皓卻說我在躲他。

我矢口否認，辯解自己只是最近比較忙，這讓我想起國小六年級時，皓皓也曾莫名其妙躲著我，我忽然能理解他當時的心情了。

就在這樣奇怪的氣氛下，暑假來臨了。少了皓皓的加持，我的課業成績慘不忍睹，只得屈服於媽媽的壓力，參加暑期國英數衝刺班。

我討厭念書，也討厭補習，每次坐在補習班聽課，都會陷入一陣昏昏沉沉，而且吃完中飯以後，整個下午都是自習時間，我時常對著課本發呆，總覺得比起其他聚精會神或振筆疾書的同學，我顯得更像笨蛋了。

我開始想念皓皓那溫柔又放縱的教學方法，只要我稍微耍賴一下，他就會幫我寫作業，就算我再怎麼朽木不可雕也，皓皓也會十分有耐性地爲我講解千百萬遍。

但我和皓皓已經好久沒說過話了，上次他來我們家吃飯，因爲拉不下臉，也因爲那種尷尬的情緒還存留在我心中，所以我依然無法坦蕩地面對皓皓，遑論跟他說話。

「可帆，幫媽媽把芒果拿下去給皓皓。」

「我不要！」

難得今天不用補習，我躺在客廳沙發上懶洋洋地看電視，媽媽拎著一袋高雄阿姨寄上來的芒果，要我送過去給皓皓他們家。

拜我和皓皓自幼相識所賜，皓皓家和我們家互動頻繁，情誼日漸深厚，無論兩家有什麼吃的、玩的或是用的，一定會與對方分享。

皓皓的爸爸從事建築業，有時還要下南部做工程；而勝群哥剛出社會沒多久，雖然薪水不錯，卻三不五時得加班，家裡常常只剩下皓皓一個人。

想到這裡，不免覺得若只是爲了自己那無聊的彆扭就不肯送東西過去，皓皓也太可憐了，於是我站起來走回房間。

「把這個拿去給皓皓啊，幹麼回房間？」媽媽拎著芒果跟在我身後，「妳在幹麼？」

「怎麼了？」我有怎樣嗎？

「幹麼還要換衣服？」

「要不然穿睡衣過去嗎？」我只覺莫名其妙，媽媽的問題實在很好笑。

「妳以前才不會在意自己穿得有多邋塌呢，也不錯啦，總算有身爲女生的自覺了。」媽媽笑嘻嘻地揶揄我。

以前我的確不會在意，但現在我會在意皓皓是男生，而我是女生。這是進入青春期的正常反應，還是我把皓皓當成一個戀愛對象了？

才剛萌生這種想法，我馬上搖頭，怎麼可能呢？如果說在意一個人就是把他當成戀愛對象，那幼稚園時我在意老師嘴巴爲什麼那麼大、小學時我在意樓下管理員魏伯爲什麼每天只吃雞腿飯，難道我都把他們當戀愛對象嗎？

我爲這種想法感到可笑。

換了一件乾淨的T恤，我拎著那袋芒果來到六樓。

「反正又沒什麼，我幹麼怕面對皓皓。」我爲自己打氣，然後按下門鈴。

叮咚——

過了三十秒，沒有人來應門。

叮咚叮咚——

再按了兩次門鈴，還是無聲無息。

「咦？」應該不會不在家啊。

叮咚叮咚叮咚叮咚叮咚叮咚叮咚叮咚叮咚叮咚叮咚叮咚叮咚叮咚叮咚——

不管按了多少次門鈴，始終無人應門。

我很生氣，因爲應該在家的皓皓卻不在。

就算我們現在在冷戰好了，但我可是除了補習以外都沒有出去玩耶，皓皓如果出去玩，應該問我要不要去啊，雖然我不見得會回答，但他還是要問我啊！

這是基本尊重！是不成文的默契！

難道皓皓對於我們之間的冷戰一點都不在意嗎？

想到這裡我就一肚子火，於是我把那袋芒果直接放在他們家門口，踹了一下鐵門，悻悻然地返回十二樓。

「有拿給皓皓嗎？」媽媽問我。

我隨便點了個頭，氣呼呼地回房趴在床上，用力拉扯皓皓送我的親親布偶的耳朵洩憤，滿腦子都在想著皓皓到底去哪了。

也許他只是去便利商店，也許他和勝群哥去辦事情，也許、也許是一家人去外面吃飯了。

我在心中爲皓皓找了好多可能的理由，就是不想相信他丟下我出去玩。

☾

看著杜小娟一副欲言又止的樣子，我知道她想說什麼。

「妳就直說吧，我知道妳想說什麼，沒錯，我很任性。」我笑了出來，只是這一笑，讓杜小娟畫歪了眼線。

「好痛唷！」眼線液滲進我的眼睛裡。

「很抱歉。」杜小娟連忙用棉花棒幫我擦掉。

「是我不該亂動。」我對著鏡子打量自己，眼睛有一點發紅。

「那先休息一下吧。」

「時間夠吧？」我想到剛剛皓皓那麼緊張地進來催促，不免有些擔心。

「絕對充足。」杜小娟喝了一口水，「結果呢？他到底去哪了？」

「喔，他和公主幫出去玩了。」

「眞的丟下妳了？」杜小娟的笑容裡帶著幾分促狹。

也不能那麼說，皓皓沒有義務一定要知會我他的去處，是我自己既任性又驕縱。我被寵壞了，我一廂情願地認爲我和皓皓是沒有血緣的雙胞胎，就算陷入冷戰，也還是要知會彼此的去處。我可不是只要求別人，我自己也有這麼做，每次去補習前，我都先去六樓皓皓家按過電鈴才走，雖然媽媽說我這樣根本是騷擾，勝群哥也爲此罵過我，不過我還是有達到通知皓皓我要去補習的目的。

「喔，好啦，我的確很幼稚。」我吐了吐舌頭。

杜小娟禮貌地不作回應，但我知道她心中一定點頭如搗蒜。

「不過，聽說他跟公主幫出去，是爲了向她們澄清，讓她們別再胡亂猜測他和我的關係。」這是皓皓後來跟我說的。

「但流言有因此終止嗎？」

「流言若能憑當事人的意願終止，那就不叫流言啦。」我兩手一攤。

談論與散播八卦是人的天性，所以皓皓那天的舉動根本毫無意義，只會讓公主幫認爲他在保護我，更顯得我們之間的關係並不單純。

送芒果去皓皓家回來後，我一直待在房間裡生悶氣，不知不覺就睡著了。媽媽叫我起來吃晚飯時，我一邊打了個大哈欠，一邊伸手在肚皮上抓癢，而這一幕全落在皓皓的眼裡。

我驚訝得瞪大眼睛，爲什麼皓皓會出現在我們家？

不對，他來我們家吃晚飯是司空見慣的事，只是我沒料到他今天會過來而已。

只見他面無表情地轉過頭，在餐桌旁坐下。

哼，我知道他一定是在憋笑。

「快過來吃飯，妳那什麼樣子啊？」媽媽盛飯的同時還不忘嘮叨我幾句。

我沒回話，一個勁地盯著皓皓看。

「皓皓啊，你哥哥怎麼沒一起過來吃飯？」媽媽將一碗裝得滿滿的飯遞給皓皓，他接過那碗飯，完全沒看我一眼。

「哥在加班。」他扒了一大口飯。

「眞是辛苦。」爸爸說，然後夾了一隻雞腿到我碗裡，「可帆，發什麼呆？」

「沒有。」我咬著炸得香酥的雞腿，偷偷再次瞄向皓皓，他食欲很好，很快一碗飯就要見底。看來他對於我們的冷戰完全不在意，似乎過得怡然自得。

以前他都會把我的情緒放在第一位，要是我生氣了，他一定不會有心情吃飯！

爲此我十分憤怒，並有一股莫名的空虛感襲來，我整頓飯食不知味，只覺得滿肚子氣。

「謝謝叔叔阿姨，那我先回家了。」吃完飯，皓皓馬上起身告辭。

氣死人了，他一點也不在乎我嗎？

我想叫住他，可是先開口的人就輸了，所以我假裝專心看著電視上的綜藝節目，像個傻瓜似的爲了根本不好笑的主持人大笑。

「這麼快就要回去了？」爸爸正在看報紙，隨口回了皓皓一句，接著憂心忡忡地扭頭向我叮囑，「對了，聽說家裡附近有電梯之狼出沒。可帆，妳以後回家要注意有沒有可疑人士跟著妳。」

我對爸爸的話充耳不聞，眼角餘光瞄到皓皓已經壓下門把準備走出去，我心中的火氣越來越旺，可惡，都不用跟我說再見嗎？

以爲自己翅膀硬了就想背叛我嗎？一日跟班，終生跟班，就算是我先莫名其妙躲著他好了，他也該先來跟我說話吧？再怎麼說我也是女生啊！

「要回家啦？還沒吃水果啊。」就在這時候，媽媽端著一盤洗好的小番茄從廚房走出來。

「謝謝，可是……」皓皓蹙眉看著那盤番茄，我知道他不吃番茄。

他之所以不吃蕃茄，其實跟我也有點關係。

國一那時，我不知道從哪裡看見一篇文章，上面寫著吃番茄對身體很好，於是我央求媽媽買一箱番茄，媽媽當然立刻拒絕，不過爸爸卻眞的買了。

我的興致來得快，去得也快，沒幾天我就吃膩了，那箱番茄被遺忘在廚房的角落，過了一個禮拜，媽媽發現番茄再不吃就要壞了，決定打成番茄汁給我喝。我才喝兩天就快吐了，靈機一動，要求我的跟班跟我一起同甘共苦，我喝一杯，皓皓就要喝兩杯。

番茄汁這種東西就是你不會討厭，可是每天喝一定會受不了，而且媽媽還加了胡蘿蔔一起打汁，說這樣更健康。

於是皓皓喝了一個禮拜的蕃茄汁，在他喝到第二十杯的時候，沒錯，就是第二十杯，禮拜一到禮拜五一天兩杯，可是眼看蕃茄就快壞了，禮拜六、日一舉提升爲一天五杯。

皓皓才喝下第二十杯蕃茄汁的第一口，就忍不住吐了。

而且還吐在我的房間裡，地板和床上全都是他吐出來的番茄汁，那一刻我深切體悟到什麼叫做「自作孽，不可活」。

我整個人傻在原地，很想揍他，可明明是我逼他喝的，他其實是受害者呀！皓皓吐完後看了我一眼，我的嘴巴張得老大，指著他手上的番茄汁一時說不出話，他以爲我是叫他繼續喝完，馬上端起杯子再次往喉嚨裡灌，結果想當然耳，他又全部吐出來了。

從此以後，皓皓就怕極了番茄，連吃薯條都不加番茄醬！

這件事帶給我的心理陰影沒皓皓那麼大，雖然那天房間滿是他吐出來的番茄汁，實在很噁，但我還是敢吃番茄。

「他不敢吃番茄啦！」所以一看見皓皓爲難的表情，我幾乎是立刻脫口而出。

皓皓挑眉看著我，眼神明明白白寫著「是誰害的」。

「那阿姨準備別的水果給你吃，皓皓啊，你先教一下可帆功課，她去補習成績也不見起色，不知道在搞什麼……」

「媽！」我急得大喊。

媽又不是不知道我和皓皓在冷戰，而且幹麼要告訴他我成績不好啦。

皓皓對著我笑了笑，放開門把，直接轉身走進我的房間。

喂！搞什麼，誰准許你隨便進我房間了！

我生氣地跟著回房，只見皓皓在書桌前坐下，逕自翻看補習班的測驗卷。

「喂！還來！」我伸手搶過他手上的試卷，一把塞進抽屜裡。

「妳分數也太慘了吧？」皓皓微微皺眉。

「干你屁事！」我氣急敗壞地想推開他，他敏捷地閃開，一屁股坐到我床上。

「可可好凶唷，怎麼辦啊？」他順手拿起親親布偶，假裝在跟她說話，雖然他嘴巴這麼說，臉上卻連一絲懼意都沒有。

我背對著他坐下，假裝開始寫參考書。

「可可又不理我了，我該怎麼辦呢？親親？」皓皓自顧自地說著。

「你今天去哪裡了？」

「可可是在跟我說話嗎？」他故作驚訝，繼續對著親親說：「還是在跟妳說話？」

「幹麼當我是空氣？」

「是妳先把我當空氣的。」皓皓的視線依然停留在親親身上，「而且我本來就當妳是我的空氣。」

「你說什麼！」我氣得拿起參考書朝皓皓身上扔。

「妳是那個不明事理的國王嗎？」皓皓側身往右閃過。

「什麼？」

「那個童話故事啊，國王有三個女兒，最小的女兒說她把國王當成鹽巴，國王很生氣，就把她趕出去，之後還下令全城不准使用鹽巴，後來才發現沒了鹽巴吃什麼都沒味道。」皓皓煞有介事地講起故事來。

我瞪著他，這和空氣有什麼關係？

他搖搖頭，一副早就知道我會聽不懂的樣子，「我當妳是空氣，平常太習慣妳在身邊，沒能察覺妳的重要性，等哪天妳不在了，才發現我無法沒有空氣。」

「我起雞皮疙瘩了。」杜小娟舉起她的手臂給我看，上面果眞布滿一粒粒雞皮疙瘩。

「很噁心對吧，他講話總是這樣。」我舉起手臂，上面同樣布滿雞皮疙瘩。

杜小娟被我逗笑了，她笑起來很漂亮。

「所以你們就這樣和好了？」

「我發現我們好容易吵架，也好容易和好。」

「這樣很好啊，代表你們在更深一層認識彼此，在互相磨合。」她拿起一盒眼影，在手背上試了幾個顏色。「或許你們是最適合彼此的人。」

她抬起頭，透過鏡子認眞地看著我。

「很多時候，不是跟最愛的人一起步入婚姻，而是跟最適合的人。」我說。

還是單身的杜小娟似乎想反駁我，卻又把話吞了回去。

而我只能笑著，淡淡地笑著。

「所以說，這裡應該是代入A嘍？」

「沒錯，肯學妳還是學得會嘛！」皓皓親暱地摸摸我的頭。

我忍不住勾起嘴角，同時有種很奇怪的感覺。皓皓的觸碰明明是很自然而然的舉動，此時卻讓我覺得怪怪的，我不知道該怎麼說，他碰我的時候，我會想躲開，等他不碰我的時候，我又會期待他碰，眞是矛盾的十四歲女孩。

「有了你教我以後，我馬上就退掉補習班了。」

「妳每次都快段考了才念書，基礎不好好打，當然考前會很辛苦。」

「不要再碎念了，你是我媽唷。」我摀住耳朵，不想再聽他嘮叨，皓皓碎碎念起來比我媽還要厲害。

「好，我不念妳了，妳快點寫考卷吧。」他拿出一份他專爲我量身打造的考卷，我立刻眼睛一亮。

只要做完皓皓親自出題的考卷，應付學校考試一定沒問題。我上次就見識過它的威力，讓我數學考了九十分，連老師都差點掉下眼淚，以爲是他有教無類的教學方針終於成功，我也很給他面子，沒戳破那其實都是皓皓的功勞。

當我費了九牛二虎之力，搾乾所有腦汁，總算拚命寫完考卷時，我興奮地想告訴皓皓，卻發現他單手托腮，正在打盹。

皓皓居然睡著了，現在也才剛過晚上九點，是有沒有這麼累啊！

我躡手躡腳地拿起數學參考書，本來想從他的後腦勺打下去，給他來個驚喜兼驚嚇，他忽然用另一隻手抓了抓臉頰，嘴巴咕噥了幾聲，像是在講夢話。

就這樣一個小小的動作，讓我拿著參考書的手停在半空中，遲遲沒有揮下。

最後我將參考書輕輕放回桌上，有樣學樣地單手托在腮邊，側著頭看著皓皓。就讓他睡好了，也許教我功課真的花費了他極多的腦力，人家都說用腦過度就跟運動一樣是會消耗熱量的。

我扳著指頭細數，自五歲認識皓皓到現在，居然也九年了，有誰跟我們一樣才十四歲就認識一個人九年了？

這眞是不可思議，等到我們國三就認識十年、十八歲就認識十三年、大學畢業就十七年……等等，我考得上大學嗎？嗯……反正有皓皓在，他會想盡辦法讓我考上大學的。

望著他的側臉，我腦袋裡的胡思亂想暫時停歇，自從升上國中以後，我好像就不曾如此仔細端詳過他的臉。

皓皓的五官跟小時候沒什麼太大的變化，一樣是濃眉大眼，細軟服貼的髮絲看起來很好摸，而他的劉海斜斜蓋住左邊的眉毛，看著看著，我竟有股衝動想撥開他的劉海，並且很快就決定付諸行動。

當我的手輕觸到他的頭髮時，皓皓冷不防張開眼睛，表情有些訝異，不過他馬上露出一個天真的笑容：「妳在幹麼？」

「我在想你這頭亂髮能不能用手壓平！」我用力往他頭頂隨便按壓幾下，皓皓連忙抓住我的手，而我立刻伸出另一隻手繼續作亂。

「我頭髮哪有亂？別鬧了啦！可可，妳考卷寫完了？」他一邊笑一邊制止我愚蠢的騷擾。

我用鼻子哼了聲，自信滿滿地抬起下巴。

「哇！妳很厲害呢！都寫完了。」皓皓不忘摸摸我的頭稱讚我，我傻傻地笑了起來，不過他看完考卷卻皺起眉頭，「可可，妳公式全部代錯了。」

「啊？怎麼可能？」難道我剛剛的努力發揮都落空了？我惱羞成怒，將所有責任都推到皓皓身上，「都是你害的啦，你在旁邊睡覺，搞得我也很想睡覺，才會寫錯。」

「好啦，我以後不會睡了。」

我只是在爲自己的錯誤找藉口，並不是眞的要他以後在我寫考卷時都不能睡覺。看著他又打了一個哈欠，我有些心虛，小心翼翼地問：「你教我是不是很累？」

「教妳的確很累。」皓皓也不否認一下，氣死我了。

「那你以後別來了，在你家睡覺吧！」我馬上就被他惹怒，把所有參考書收起來。

「怎麼又生氣了呢？」皓皓早就習慣我的情緒化，他起身坐到書桌旁邊的灰色鯨魚座椅上，看著窗外的月亮。

那張座椅對於現在的他來說，已經有點太小了。

「我不是因爲教妳累啦……是因爲昨天晚上太晚睡，剛剛才會不小心睡著。」皓皓解釋，並招手要我去到窗邊，「今晚是滿月。」

窗外的月亮又圓又大，似乎連漂浮在空氣中的塵埃都反射著銀白色的月光，像是下起了細雪。

而今晚月亮上的黑點也格外清楚，我忽然想起了親親。

「今天是親親回到月亮上滿八年的日子。」皓皓輕聲說，從口袋取出一對手工縫製的兔子小吊飾。

「要給我？」

「一個給妳。」他拿起我掛在椅背的書包，將吊飾掛到拉鍊上。

「共同擁有一對吊飾？這樣我們不就眞的有什麼了？」

對於我的故意調侃，皓皓並沒有做出什麼特別的反應，他知道我其實感動得要命。

看著床上的親親布偶、月亮上的親親黑點，以及新加入的親親小吊飾，我又想要哭了啦！

「謝謝你。」我哽咽地擠出這句話。

皓皓滿意地笑了，他握住我的手，在月光下凝視著我，讓我有種他那雙烏溜溜的眼睛也變成銀白月亮的錯覺。

第四章

「妳覺得他那時候就喜歡妳了嗎？」杜小娟停下手上的動作。

「妳覺得他喜歡我？」

杜小娟輕咬下唇，聳聳肩，一副很不以爲然的樣子，好像覺得這還需要問嗎？

「那時候我沒想那麼多。」我老實承認，更甚至到好幾年後，我都沒去想過我和皓皓之間是否存在著愛情那樣的情感。

杜小娟別有深意地看著我。

☽

回到我前面所說，升上國中的皓皓功課好、運動神經佳、長相帥氣不說，就連笑容看起來都很治癒人心，自然吸引一大群女生爲他傾倒。

只是帥氣的校園王子王皓群身邊有個礙眼的邪惡巫婆，名叫戚可帆。

根據巫婆戚可帆表示，這校園王子竟表明不再接受各國公主所發放的舞會邀請函，一旦收到，就會直接將邀請函撕碎並丟進火爐焚燒，讓各國公主擔憂自己若不聽勸，惹得王子生氣或厭煩該怎麼辦？因此紛紛停止寄送邀請函。

可是，巫婆說的話能信嗎？會不會是巫婆爲了獨占可憐又可愛的王子，才蓄意散播出這樣的謠言？

於是公主們決定先聯合站在同一陣營，齊心協力把王子從邪惡巫婆的手上救出來後，再討論王子該去誰的舞會。

沒錯，故事大概就是這樣。

當然巫婆我……不對，是本姑娘我竟然被形容成獨占王子的壞巫婆!?

明明是皓皓要我別再替他收情書的！一開始那些自以爲是公主的女生都罵皓皓冷血、不懂女人心，然而前幾天有個女生在操場上跌倒，正巧在附近打籃球的皓皓順手扶她站起來，順便給了她一個微笑。

就這樣！瞬間校園王子的魅力再度襲捲而來，有道是星星之火可以燎原，皓皓一個溫柔的笑臉和一句親切的問候，讓他降到谷底的名聲霎時重返顛峰。

這下子大家都把矛頭指到我身上，說我是因爲想要獨占皓皓，才放出風聲說他不收情書。

這麼多年來，我早就深知謠言的可怕，但卻是第一次體會到深陷戀愛的少女，其自行腦補的能力有多麼強大。

只是當我把這些討人厭的事轉化成童話故事，並說給皓皓聽時，他居然笑個不停。

「你笑什麼啊！」我氣得將親親布偶朝他扔去。

皓皓穩穩接住，把親親布偶抱在懷中：「妳們女生的幻想能力實在很厲害呢。」

「那是她們，不是我！」我澄清。

「但可可妳很會說故事，形容得很生動活潑。」

我翻了個白眼，這一點也不生動活潑好嗎？這是荒謬、是憤怒、是義憤塡膺！

見我委屈地癟起了嘴，皓皓終於良心發現，斂起笑容靠過來：「好啦，這次是我想得不夠周全，讓妳捲入麻煩了。」

哼，這還差不多。

氣也生完了，總是要討論出解決方法，我盤腿坐在地板上，詢問皓皓該怎麼做比較好。

「我公開發表聲明，說自己不想收情書好了。」

這麼沒建設性的提議，根本就沒經過深思熟慮，可惡！王皓群這傢伙根本就沒有用心！

「你乾脆交一個女朋友算了，這樣應該比較有效。」我覺得這提議棒透了。

皓皓卻十分不以爲然，看著我的眼神像是在看一個白痴，「那我寧願繼續收情書，以後叫她們直接把情書拿給我好了，我當面拒絕。」

「她們才不管這些呢。」我擺擺手，類似的方法我早就試過了。

當學校流言一傳出，我立刻去找公主幫的首領解釋，表明這眞的不關我的事，但那個女生跩得跟什麼一樣，連正眼瞧我都不願。

那個女生叫做結衣，跟某位日本知名女星同名，但長得卻不像人家那樣清新可人，她一身健康黝黑的肌膚不說，身高竟然有一百七十五公分。

那時候才國二欸，國二的女生長那麼高，一站到她面前，著實令人生出一股強烈的壓迫感！

總之，結衣狠狠瞪我一眼，一句話也不吭，轉身就走，她那群跟班也嫌惡地用鼻子哼氣，好像我是什麼髒東西。

「女生眞可怕。」皓皓打了個哆嗦。

我揪住他的耳朵，「還不是你這紅顏禍水惹出來的！」

「冤枉啊！大人，我是男兒身，不是紅顏啊！」皓皓疼得求饒。

放開他的耳朵後，我扠著腰在一旁生悶氣，明明皓皓是我的跟班，爲什麼現在反倒是我被他的事搞得一身腥？

而他居然還怡然自得地坐在我的床上、吃著我的餅乾、看著我的漫畫！

一股邪火湧上，我過去一腳將他踢下床！

「後來是怎麼解決的啊？」杜小娟先在我的眼皮上了層帶有淡淡珠光的銀白色眼影，接著抹上淡橘色眼影進行暈染，最後再疊一層深咖啡色眼影，增加層次感。

「講到這件事，到現在我都還認爲自己被算計了！」我忿忿地說，那一定都是皓皓算討好的，所以我才會記恨這麼久。

我和皓皓每天都會一起上學，這已經是根深蒂固的習慣，並未因爲流言而改變，況且我們就住在同一棟樓，刻意分開走才奇怪吧。

某天放學，皓皓要和朋友打籃球，反正我閒著沒事，就坐在一旁等他。

籃球場旁邊設有圓弧形的階梯式座位，以結衣爲首的眾公主們聽說王子要來打籃球，紛紛集合好坐在那裡準備爲王子加油，她們一看到我，便刻意發出明顯的砸舌聲，像是怕我沒聽到一樣。

我不以爲意地聳聳肩，她們越討厭我，我就越要裝作若無其事、滿不在乎，這樣她們就會更生氣。

當皓皓投出一記長射三分球時，自以爲是公主的公主們發出尖銳又噁心的歡呼；而當皓皓凌空截下敵隊投向籃框的球時，她們也此起彼落地大聲呼喊著皓皓的名字。

我嚴重懷疑，她們有幫皓皓寫了一首歌當做主題曲，也許某天會唱出來，那時候我應該會躲在一旁偷笑，而皓皓則會一臉尷尬，但仍會面帶笑容聽完。

天啊，我幾乎可以在腦中勾勒出這幕畫面！

「傻笑什麼？」一個身影來到我身前遮擋住陽光，皓皓滿頭是汗，伸手跟我要礦泉水。

「我只有喝過的奶茶。」我拿起腳邊那盒吸管幾乎被我咬爛的鋁箔包奶茶，皓皓沒有猶豫，接過之後含住吸管一口氣喝光。

見狀，那群公主個個目露凶光地瞪著我。

女人這種生物，就是當別人在盯著妳手中的肉並且肖想得要命時，非但不會分享出去，反而會更津津有味吃那塊肉給對方看。

雖然那時候才國二的我還稱不上是女人，但已經完全展露出女人的這種天性。

「皓皓，你流好多汗啊，我幫你擦擦！」我故意超級大聲地說，用舞台劇裡才會有的大動作拿著手帕替皓皓擦拭額頭上的汗水。

見到那群公主一副恨得牙癢癢卻又無可奈何的模樣，我就一陣歡喜，哈哈哈！

「這次妳又在笑什麼？」皓皓的聲音近在咫尺，我猛地抬起頭，他的臉貼得我很近。

前面說過，皓皓的個頭在國中抽高不少，高了我將近一顆頭，但此刻我站在階梯上，而皓皓站在平地，所以我倆的視線得以平行。

瞬間，有種前所未有的情緒在我胸口迅速膨脹。

「啊！」我手足無措地驚叫了聲，一把推開皓皓，卻不小心失去重心，整個人就要往後摔，而皓皓動作俐落地伸臂攬住我的腰，並順勢將我拉進他的懷中。

「不要啊！」

我聽見那群公主齊聲哀號，當然這讓我心中爽度破百，不過我寧願剛剛皓皓沒來得及攬住我，讓我跌倒被恥笑，也不要自己因爲他的這個舉動，心臟猛烈跳動得像是要躍出胸腔。

「我想到一個辦法。」皓皓沒有放開我，附在我耳畔說：「擺脫流言最有效的方法，就是我們交往。」

「啊？」我呆呆地看著他。

「當然，這只是假裝的，反正謠言的壽命不過七七四十九天嘛！暫時騙過大家就可以了。」確定我站好後，皓皓才鬆開手，彎腰拿起他的書包和外套，露出意味深長的笑容，「妳考慮看看。」

我愣在原地，看著皓皓的背影遠去，不過九年時間，那個愛哭的跟屁蟲天使皓皓，就長成了完全不一樣的男生。

嗯哼，難怪他會如此受歡迎。

如果說那群愛慕皓皓的女生是公主，那我就是女王，女王不需要王子的保護，需要的是王子的忠誠與賣命。

所以說，我才不屑假裝皓皓的女朋友。在追上皓皓後，我馬上就這點跟他說清楚講明白。

「我覺得這是好方法呢！」皓皓皺眉。

「你傻啦！現在你只不過是在我旁邊打轉，公主們就恨死我了，如果我假裝是你女朋友，我哪天怎麼橫死街頭都不知道！」

「可可怎麼可能被暗殺。」皓皓認眞地說。

「也是，畢竟我很強！」我舉起自己結實的手臂，有些自豪。

當我們快回到家時，卻看見魏伯一臉戒備地站在大廈外面，我和皓皓對看一眼，平常這個時間魏伯多半坐在管理室裡看電視。

「魏伯，怎麼了？」皓皓率先開口。

魏伯搔了搔花白的頭髮，「剛剛有個以前沒見過的人從電梯裡走出來，覺得怪怪的。」

魏伯在我們這裡擔任管理員很久了，聽說前些日子他被公司升任爲總幹事，最近幾天忙著交接，所以有時候會離開管理室一會兒。

「會不會是哪戶人家的親戚？」我插話。

「這幾天沒聽說有誰家裡來親戚啊……」魏伯跟著我們走進大廈，語重心長地對我說：「可帆現在都出落得亭亭玉立了，要小心點啊，聽說那個慣於在附近出沒的電梯之狼還沒抓到……」

魏伯的擔憂我沒放在心上，但他那句「亭亭玉立」打中我的心，我對皓皓挑了挑眉，驕傲地按下電梯的上樓鍵。

「聽見沒？魏伯說我美麗動人、天生麗質！」走進電梯，我忍不住得意洋洋地說。

「妳耳朵是長到哪去了？他明明是說亭亭玉立。」

我斜眼瞪過去，皓皓居然敢吐槽我，看來最近對他太好，他皮在癢了！

我舉起手就要往他的頭打下去，此時碰巧電梯來到六樓，電梯門倏地打開，皓皓古靈精怪地對我吐了吐舌頭，飛快閃身步出電梯。

「說眞的，妳再考慮看看，王子的女友可不是人人都能當的。」

「你是僕人！」我趁電梯門關上之前大喊。

大概是因爲皓皓的胡言亂語，我當天晚上做了一個好奇怪的夢，我穿著紫色禮服坐在華麗的王座上，手中握著權杖，頭上戴著一頂發出七彩光芒的皇冠。

而皓皓穿著可笑的燈籠褲，肩上披掛一件紅色披風，胸前還別著一個上面寫著「王子」的牌子站在我身側，而那群所謂的公主全都跪在我面前，請求我的赦免。

「我們保證再也不會接近您的兒子了！女王陛下！」

隔天早上醒來時，我在床上呆坐片刻才回過神，皓皓居然變成我兒子，這場夢還眞是亂七八糟。

「早安，可可，妳考慮好了嗎？」

一打開房門，就看見皓皓坐在餐桌前大口吃著媽媽準備的早餐。

「不用考慮，你是我兒子，這樣是亂倫，反正那些公主最終都會向我下跪。」我抬手拒絕，穿著睡衣在餐桌的另一邊坐下。

「妳在說什麼啊？」皓皓一臉錯愕，像是突然看見飛碟一樣。

「戚可帆，妳這是什麼樣子啊！」媽媽從廚房把我的那份早餐端過來，要我換好制服再出來吃飯。

自從我和皓皓度過各自那段彆扭的青春覺醒期後，就好像再度拋開了男女之別，超級自然地將自己邋遢的一面展現在對方面前，既不會尷尬也不會害羞。

所以我才不在意呢，有時候我甚至連內衣都沒穿，就跟皓皓一起在房間裡打電動，嗯，雖然這一點被媽媽罵過好幾次，但我就是改不掉。

拜皓皓昨天在籃球場抱住我之賜，今天我們一到學校就得面對眾人質疑的眼神，之前好不容易花了一年的時間，大家才勉強相信我和皓皓只是單純的青梅竹馬，但昨天皓皓那一抱，卻使得一切前功盡棄。

「王皓群，這是怎麼回事？不是說你們沒在交往嗎？」一眾公主幫成員趁著下課，也不管這裡不是她們班，竟堂而皇之地走進教室，圍繞在皓皓座位旁邊。

皓皓沒有回答，只斜斜地看了我一眼，公主幫成員和其他路人甲乙丙丁也跟著望了過來。

「妳們去問可可吧，她說什麼就是什麼。」皓皓臉上似笑非笑。

我瞪大眼睛，他就這樣把球丟給我？

這種說法表面上看起來好像是尊重我，可實際上卻是算計我啊！不管怎樣，這話本身就充滿曖昧，不管我說什麼，那些公主都不會信的！

「所以你們真的在交往？」其中一位公主突然掉下眼淚，好可憐地說。

哭和笑這兩種情緒是會感染的，於是乎，在場所有的公主都跟著哭了，眼淚像沒關緊的水龍頭般嘩啦啦地流個不停。

那個場面還眞有點壯觀，頗讓我有種嘆爲觀止的感覺，畢竟可不是每個人都能親眼目睹十幾個女生一起掉下眼淚，而且還是爲了一個愛算計的校園王子！

☽

「那……可眞是誇張。」杜小娟滿臉不可置信。

「可不是嗎？」現在回想起來，我還是覺得那眞的是難得一見的奇景。

「那最後……」

敲門聲打斷杜小娟的問話，我喊了聲「進來」，推門而入的卻是一個我意想不到的人。

「何崇翰？」我驚訝地看著他。

「戚可帆，好久不見！」他給了我一個大擁抱。

「你怎麼這麼早到？你有看見皓皓嗎？」我不敢相信他竟會出席我的婚宴，不能怪我，畢竟連喜帖的寄發也都是皓皓在打點。

只見何崇翰抬手摩娑下巴，看著我的眼神帶著明顯的打趣意味，我以爲是自己的妝怎麼了，連忙看向鏡子，就算還沒完妝，應該也不至於很奇怪吧。

「我覺得改成『戚王喜宴』比較好。」

「什麼？」我只覺莫名其妙，他沒頭沒腦在說什麼呀。

「『戚王』呀，這樣感覺像是妻子是女王呢，如果是『王戚』，那不就變亡妻……」

「呸呸呸！大喜之日你是在胡說些什麼！」我連連嘖聲，順手揍了他一拳。

杜小娟在一旁依照禮服更換順序，把搭配的頭飾排列放好，但我知道她正張大耳朵聽著，並且在心裡猜測何崇翰是否有在我剛剛說的故事裡出現。

爲了不吊她胃口，我刻意改口：「小翰，沒帶你女朋友來嗎？」

瞥見杜小娟一副恍然大悟只差沒彈指的模樣，我不禁笑了起來。

「幹麼突然這麼叫我？又不是小時候。」小翰皺了下鼻子。

「親切嘛！」我說。

「妳以爲每個人都跟你們兩個一樣噁心，到現在還在以『可可』和『皓皓』稱呼彼此嗎？」他語帶不屑。

我吐吐舌頭，不置一詞。

他安靜片刻，忽然問：「你們以後也依然會繼續這樣稱呼彼此嗎？」

我挑眉，爲什麼不？

「好吧，你們噁心也不是一天兩天的事了，就這樣噁心一輩子吧！」小翰哈哈大笑，「總之，恭喜了！」

「謝謝你，去找皓皓吧，他會好好招待你的。」

「得了吧！我可忘不了他國中揍了我一拳，我可是一直記恨至今。」小翰故意惡狠狠地放話，「今晚我一定會灌醉他。」

我只是淺淺地微笑著，他忽然斂起所有表情，定定凝視著我。

「戚可帆，恭喜妳。」他的語氣很誠摯。

然而我知道，他還有其他話沒說出口，但今晚我不想聽那些。

畢竟，這是我結婚的日子。

「我女朋友在外面，那就等會見吧。」

「你女朋友還是同一個嗎？」我故意這麼問，他給了我一個白眼，表示自己沒換女友，隨即走出新娘準備室。

他前腳一出，杜小娟立刻靠過來問：「他就是你們的國小同學，那個時常欺負皓皓的小翰？」

我點點頭，「不只女大十八變，男大也十八變啊。」

小翰現在可是個帥哥呢。

「他以前喜歡妳不是？剛剛看他那樣，難道他現在也還是喜歡……」

「拜託！怎麼可能……等等，我剛剛有說他喜歡我嗎？」我疑惑地看著杜小娟。

「我對這種事情很敏感，不然他爲什麼要欺負皓皓？不就是吃醋嗎？」杜小娟一副理所當然的樣子。

哇，我可眞佩服她，看樣子她的確是個觀察入微的人。

「他國中向我告白，被我拒絕之後就喜歡上別人了，妳要是知道他女朋友是誰，一定會很訝異。」

「誰？」杜小娟眼睛發光。

「結衣。」我抬起下巴。

「啊！」

是啊，別說杜小娟跌破眼鏡，我一直到現在都還是覺得很不可思議，只能說太陽底下沒有新鮮事，什麼都有可能發生！

☽

把時間軸拉回到我目睹一眾公主幫成員為皓皓傷心哭泣的隔天。

忍受了公主們兩天的怒氣與嘲諷，我心中的憤怒快要到達臨界點，正打算趁著放學，好好毆打王皓群一頓出氣時，他卻說要去打籃球。

「妳就在旁邊等我，我們再一起回家。」

注意跟班皓皓說的這句話，不是徵詢我意願的疑問句，而是天殺的命令句，他現在翅膀真的硬了，以為變成校園王子就可以對我頤指氣使？

老娘偏偏不等，我背起書包就往校門口走。

「可可！喂！可可！」皓皓一路追著我至校門口，拉住我的手，「幹麼啦？等我打完籃球再一起回家啊。」

「不用！親愛的王子，你就去撫慰你的公主們吧！」就連站在校門口，我都可以感受到幾個公主射來的惡意視線。

「幹麼講話酸酸的？」

酸酸的？跟我裝什麼可愛！

我甩開他的手，轉身就要踏出校門。

「不然妳等我，我去拿書包。」

「幹麼？你去打籃球啊，王子要多多交際應酬。」也不知道爲什麼我講話要這麼機車，不過這一向是我的作風。

「妳怪怪的喔……」皓皓看著我的眼神多了幾分狐疑，我側頭避開他的目光。「我跟妳一起回去，那天魏伯才說大廈有可疑人士徘徊，妳一個女生不安全。」

「不需要！我說過，我很強壯！」我刻意舉起自己的手臂，並用力踢了一下皓皓的脛骨。

「好痛！」皓皓彎下腰，雙手抱著小腿，疼得眼淚都快飆出來了。

哼！脛骨可是人體最脆弱的地方之一，我就是要讓皓皓知道我的厲害。

「戚可帆！」

我把皓皓的大吼大叫拋在身後，趁著他還無法行動自如的時候，我拔腿就往家的方向狂奔。

什麼電梯之狼、可疑人士之類的一點都不重要，我現在只想快點解決皓皓的事，讓公主們閉上嘴巴，這樣我才能安安靜靜度過國中生活。

話說回來，眼看再過不久就要升上國三了，大家怎麼還不乖乖念書，還要搞什麼公主團體來聲援皓皓王子，實在有夠蠢的。

一路想著這些有的沒的，不知不覺就快到家了，經過管理室時，原本想和魏伯打聲招呼，卻發現他又不在，也不知道是不是去上廁所了。

站在電梯前，我心中盤算著晚上皓皓來家裡吃飯時，要怎麼惡整他，此時有個男人站到我的身側，我瞄了他一眼，長相陌生，之前從未見過這位住戶。

我沒有多想，全副心思都放在構思該要如何惡整皓皓，嗯，乾脆在皓皓的飯裡埋入大量番茄醬，保證他吃到一半吐出來，以後絕對不敢再對我無禮。

嘿嘿，我自覺這個方法十分完美，笑吟吟地走進電梯，那男人也跟著進來，並按下十二樓。

我頓時察覺有異，十二樓是這棟大廈最高的樓層，而我就住在十二樓，我記得隔壁住著的是一對六十幾歲的夫妻，除非這個男人是這戶人家的親戚或朋友，否則他爲什麼要去十二樓？

斜眼偷覷那個男人，發現他居然正盯著我看，臉上的微笑有種說不上來的怪異。

媽啊！該不會是電梯之狼吧！電光石火間，我腦中快速閃過這個念頭。

也許是我面部表情有異，那男人瞬間明白我對他起了疑心，他索性也不隱藏，飛快朝我撲了過來。

之前學校老師有特地商請一位警察大哥來班上教大家過肩摔，那男人身材並不壯碩，我應該可以試著對他使出這招……可是如果我把他重重摔在地上，會不會使得電梯往下墜？那要不試試一拳打斷他的鼻梁？

情況危急，不容許我再多想，我只得毛毛躁躁地出手，他卻敏捷地抓住我的手腕，力道之大，讓我覺得自己的手好像快斷了！

他毫不留情地將我的手反折，並轉過我的身體，迫使我背對著他。

「好痛！好痛！」我忍不住呼痛，嘴巴嘗到一股鹹味，原來我早已因爲恐懼而淚流滿面。

「呵呵，國中生妹妹，好可愛……」死變態在我耳邊呼氣，我嚇得全身發抖。

沒想到這個瘦弱的死變態力氣這麼大，不管我怎麼掙扎，始終無法掙脫他的箝制。

當他伸手抓向我的胸部時，我尖叫出聲：「皓皓，救命啊！」

「可可！」

我大概是嚇傻了嚇呆了嚇壞了吧？我居然聽見皓皓的聲音，而且好像還看見他了。

他氣急敗壞地大力將變態從我身上拉開，狠狠揍了他好幾拳，看得我大快人心，想要拍手叫好，可是我的視線卻慢慢變暗……然後一片漆黑。

第五章

一張開眼睛，我就看見皓皓眼神空茫地呆坐在我房間的角落。

我動了動身體想坐起來，皓皓猛地回過神，立刻衝到我床邊跪下。

「可可……妳還好吧？」他聲音沙啞，並且帶著明顯的顫抖，兩隻眼睛紅通通的。

我對他這樣的眼睛可不陌生，他這是哭過了。

「你怎麼哭了？」

「妳有沒有受傷？」他問我，一隻伸過來的手停在空中，似乎是想摸我的頭，卻又懼怕碰觸我。

這時我才想起剛剛在電梯中發生的事，我搖搖頭，「我沒有受傷。」

說完，我舉起手撥了下頭髮，皓皓卻頓時瞠圓了眼睛，盯著我的手腕看。

我隨著他的目光看過去，我手腕上瘀青了一片，隱約能看出手指的形狀，那死變態力氣可眞大。

「對不起，都是我的錯，我不該讓妳自己一個人回家！」皓皓哽咽地說，我以爲他馬上就要掉下眼淚了。

但他沒有。

然而看著他臉上的表情我才明白，有時候不流淚，怕是比流淚更難過。

「這沒什麼啦，過幾天就好了。」

「怎麼可能過幾天就好……」

不知道該說些什麼來安慰皓皓，明明是我遇到色狼，他卻表現得比我還要難過。

「他有沒有亂碰妳哪裡？」

「沒有。」我迅速回答，就怕他更加自責，畢竟這真的不是他的錯，是我先找他吵架，並拋下他自行回家的，只是在回答的同時，我卻下意識抬手橫擋在胸前。

皓皓認識我九年了，我任何一個小動作都瞞不過他，他頓時臉色鐵青，牙根咬緊，下顎的線條變得緊繃。

見他這副模樣，我有點被嚇到。

「反正……反正他是色狼，本來就是想要摸女生的身體……」我都搞不清楚自己在講什麼了。

皓皓停在半空中的手終於緩緩朝我伸來，在那個瞬間，我卻該死地瑟縮了下。

「啊……我……」我急著想解釋，卻一時想不出該怎麼說。

皓皓通紅的雙眼裡滿溢著許多情感，有懊悔，也有歉疚，他緊緊地抱住我，「還說妳很強壯、還說妳很厲害，結果根本毫無招架之力。」

喂，現在是要吵架嗎？

「要不是我追著妳回來、要不是剛好魏伯回到管理室、要不是我們注意到監視器裡的畫面，那妳……」皓皓的肩膀微微打顫。

「好嘛！對不起嘛！」居然是我感到愧疚。

「是我對不起妳，妳再怎麼強悍，都還是女生啊。」

先生，你這句話是歧視女生喔！至少我們兩個打架你從來沒贏過。

「小時候都是我保護你的！」我抗議。

「從今以後該我保護妳。」皓皓在我耳邊說，話聲堅定，不容拒絕。

「也太可怕了吧！」杜小娟正在幫我貼假睫毛，聽到這裡她手抖了下。

「不過當我醒過來之後，都還來不及回想碰上色狼的恐懼，就被皓皓緊緊抱住，讓我忘了先前色狼那噁心的觸碰。」

「那個變態最後下場如何？」

「聽說被皓皓打得鼻青臉腫，進了警察局還說要控告皓皓。」

「他還眞敢說！」杜小娟歪了歪頭，「妳不是說皓皓跟妳打架從來沒贏過，但他卻將變態揍得鼻青臉腫？」

我意味深長地點頭，杜小娟恍然大悟地笑了。

是的，體貼的皓皓讓了我好幾年，害我以爲自己眞的很強，比男人還厲害。

「我爸媽也沒有責怪皓皓，他卻自責得像是犯了什麼滔天大罪似的，從此堅持不分晴雨地護送我上下學。」

「他對妳很有心呢。」

「是啊，我知道，但那時候我年紀太小，以爲他這麼做純粹是出於自責。」我嘆氣。

「他以前完全不懂男生要保護女生，後來卻主動說要保護妳，哇……」杜小娟的浪漫情懷開關被打開了，表情充滿欣羨。

她替我黏上三層假睫毛，讓我的眼睛瞬間放大三倍，簡直像洋娃娃一樣。

「之後我們升上高中……」

「等等，我沒聽到小翰跟妳告白，還有他和結衣交往那段，是我漏聽了嗎？」

哦？杜小娟很認眞在聽故事嘛！

「是我漏講了。國三那年，我的生活不外乎就是念書考試，最具爆點的大概就只有小翰向我告白，以及他和結衣交往那件事。」我故作神祕地小聲說：「聽了妳就知道，爲什麼結衣剛剛不跟著小翰進來看我，只待在外面。」

「咦？」杜小娟一臉好奇。

☾

電梯之狼被英勇的皓皓制伏並移送法辦，這件事登上了新聞，我們的校園王子頓時搖身成爲爲校爭光、打擊壞人的英雄！

少女漫畫裡偶爾會出現這種情節：男主角打開鞋櫃，一堆情書嘩啦啦地掉了出來。我一直以為這種情節絕對不可能在現實中發生，直到親眼目睹，我才知道世界上沒有絕對不可能的事。

我和皓皓一走進教室就發現大家群聚在皓皓的座位旁，一見到皓皓來了，眾人立刻像摩西分紅海一樣朝兩旁散開，讓出一條路，我們才注意到皓皓的桌子上、椅子上、抽屜裡，全部堆滿了禮物和信件。

「哇！」先發出驚呼聲的是我，那時候還不流行智慧型手機真是太可惜了，否則勢必要拍照上傳至臉書造就傳奇才行啊！

「歡迎我們的大英雄！」教室裡響起一陣誇張的掌聲。

雖然皓皓成為英雄非他所願，況且還是用我慘被色狼襲胸換來的，不過我還是覺得與有榮焉，為皓皓感到相當驕傲。

「戚可帆，妳還好吧？」還是有善良的同學記得關懷我這個受害者。

「沒事啦，我很強壯！」我嘴硬地說，刻意拉下衣袖想遮住布滿瘀青的手腕。

這個動作被皓皓看見，他右眉一挑，顯然是不滿我又在假裝自己很強，我撇過頭不理會他。

「妳強壯如牛，說不定那個變態其實是被妳痛揍一頓的，」皓群只是在旁邊補上幾拳。」說話的男生一隻手搭上我的肩膀，在那瞬間，被變態觸碰的那種噁心的感覺彷彿又鋪天蓋地襲來，我失控地發出尖叫。

「不要！」

所有人都嚇了一跳，那個男生瞪大眼睛，高舉雙手，慌張地解釋：「我什麼也沒做啊！」

教室一片靜默，皓皓扶住我的肩膀，對大家淡淡一笑，然後帶著我走出教室。

「我也不知道自己是怎麼回事……」我想解釋。

皓皓牽住我的手，溫柔地哄著我：「沒關係，沒事。」

他領著我在花圃的矮臺上坐下，陪著我靜靜仰望天空，直到看著兩架飛機掠過天際後，他才又牽著我返回教室。

皓皓幫我向大家解釋，因爲碰上色狼的緣故，我對於旁人的肢體接觸會比較敏感，那個男生也主動向我道歉，讓我超級不好意思的。

沒錯！戚可帆居然會感到不好意思，這可是非常少有的事。

這段期間，我暫時有了所謂的恐男症，只有皓皓和爸爸可以碰我，於是皓皓更是對我寸步不離。用「寸步不離」來形容絕對不誇張，我手隨便一揮都可以打到皓皓，他就是如此身體力行著「寸步不離」這四個字。

也因爲如此，所有人都認定了我和皓皓在交往。

不過公主幫可不會就此甘心認輸，首腦結衣決定身先士卒，前來向皓皓告白。

老實說，看見一個比皓皓高上一些些的女生，扭扭揑揑地站在他面前，我還眞覺得有點不舒服，尤其那個女生還多次用恐怖的眼神狠瞪過我。

原來女人在男人面前，眞的會有不同的面貌。

「王皓群，我、我喜歡你！」

結衣是不是以爲在比賽分貝大小聲啊？她這句告白喊得幾乎整間學校都聽得見，每間教室的窗邊都擠滿了看熱鬧的學生，甚至還有幾個老師從導師室的窗戶探出頭來東張西望，眞是太誇張了！

啊？爲什麼我知道得這麼清楚？因爲我人就在現場啊，忘了皓皓對我寸步不離嗎？

「謝謝妳，但是我……」皓皓邊說邊偷瞄我，並沒有把話說完。現在是怎麼？是要我替他把話說完嗎？

「你們在交往嗎？」結衣問。

讓我解釋一下現場的情況，除了許多人擠在教室窗邊看好戲外，皓皓的手還牽著我的手，有看過哪個男生在接受告白的時候，還帶著另一個女生手牽手赴約嗎？

這讓我有多尷尬啊，偏偏死王皓群就是不肯放開我的手，說怕我一個人又發生什麼意外。會發生什麼意外？先生，這是在學校啊！

但他就是堅持非帶著我去不可，根本是專制的魔鬼！

「我說過了，我們有沒有交往，要視可可的答案而定。」他又把問題丟給我。

「一定是在交往」、「早就交往了吧」、「賭他們在交往」、「我賭兩千」，諸如此類的話聲頓時此起彼落，全校你一言、我一語，鬧哄哄地談論得不亦樂乎，而且說要賭兩千塊的還是個老師！可惡！

公主幫面色不善地站在結衣身後，結衣扭頭怒瞪著我，眼珠子瞪得都快掉出來了，而皓皓擺明就是一副看好戲的樣子，他在捉弄我，一定是在捉弄我。

這些事都是在很短的時間裡發生的，同時面對內憂外患，腦袋一片混亂的我，居然莫名其妙地想起一堆數學公式，搞屁啊！這種沒用的東西先閃一邊去，我到底該怎麼回答？

「可可，我們有交往嗎？」皓皓故意貼在我耳邊說話。

這個舉動引得大家發出興奮的歡呼，然後我就像著了魔一樣輕聲回答：「有。」

全校師生聽得一清二楚，流傳已久的八卦終於獲得當事人親口證實，女王和王子在一起啦！這是亂倫啦，接著女王就會被公主們殺掉啦！

當時就是這些莫名其妙的念頭不斷在我腦中打轉。

結衣和公主幫成員抱在一起哭成一團，其他師生紛紛讚嘆又一對學校情侶華麗誕生。

「是假裝的！」放學後，我在回家的路上對牽著我手的皓皓說：「這是假裝的，你知道的對吧！」

「我知道啊，是我提議的嘛！」皓皓神情自若地玩起我的手指。

「那你幹麼牽我的手！」我甩開他，皓皓卻迅速再次握住我的手。

「公主幫在後頭跟蹤啊。」

「啊？」我回頭望去，果然瞥見幾個人影閃入變電箱後方。

「妳眞是太沒有警覺心了。」皓皓笑著揶揄我。

當魏伯看見我們手牽手回來時，他臉上立刻浮現了然的笑容，我連忙向他解釋這只是一時的權宜之計，卻好像越描越黑。

過了大概一個月，總算比較沒那麼多人關注我和皓皓交往的事了，就在這個時候，小翰出現了。

那個以前很愛欺負皓皓的何崇翰，變得又高又帥，國三就長到一百八十公分，可惜他後來就沒再長高了，所以他還有個綽號叫「永遠的一百八」。

總之他成績不差、運動也不賴、長相又上佳，身高還比當時才一七三的皓皓高，但就是沒有皓皓受女生歡迎，為此他常找皓皓的碴。

某天下午，皓皓去上廁所，難得落單的我站在飲料販賣機前猶豫不決，小翰忽然從背後喊我。

「戚可帆。」

我扭頭看了他一眼，「小翰，你也要買飲料嗎？」

「不是。」小翰握緊雙拳，表情好像是在生氣。

「不然你要幹麼？」我看見皓皓從不遠處的男廁走出來。

「妳不要跟王皓群在一起，我、我喜歡妳啊！」他大聲說，然後竟上前抱住我。

我嚇了一跳，還來不及反應，皓皓就已經衝過來拉開他，並狠狠揍了他一拳。

「揍了他一拳？這反應也太激烈了吧！」杜小娟驚呼。

「畢竟我那時候有恐男症啊！」我為皓皓的行為辯解。

「也是，後來他們兩個有打起來嗎？」

「算是打了一小架，雙雙掛彩，一起被教官拎進訓導處聽訓，最後握手和解，然後就此相安無事到國中畢業。畢業典禮那天，我才聽聞小翰和結衣交往的消息，至於詳細情況是怎樣，我就不知道了。」我聳聳肩。

「結衣是因為當時向皓皓告白被拒，今天才不想過來新娘準備室見妳？」

賓果！杜小娟挺聰明的，我點點頭。

畢竟當著全校的面被皓皓那樣難堪地拒絕，結衣不僅感情受創，也讓公主幫的其他成員失望，所以啦，她不想見到我也很理所當然。

不過我想她今天應該挺開心的吧，應該是帶著看熱鬧的心情前來參加我的婚禮。

不知道是皓皓考壞了，還是我考得超乎異常地好，總之，我們考上了同一所高中。

高中開學那天，皓皓再次勇奪校園王子的封號，大家都聽聞有個超級帥氣的男孩入學啦！只可惜他有女朋友了。

「等等，我不是他女朋友！」我立刻向高中班上的同學再次重申。

「可是我有朋友和你們念同一間國中，是他們說的。」

「那眞的是誤會啊！」我大翻白眼。

「但我有朋友跟你們同個國小，她也這樣說。」

「天大的誤會啊！」欲哭無淚了我。

「難道是妳被甩了，才不承認你們在一起過？」

「怎麼會得出這種結論啊？」簡直無語問蒼天！

高一一整年，我不斷忙著解釋自己沒有和皓皓交往，而皓皓就在一旁冷眼看著我解釋，也不幫腔，讓大家更認定我是被甩了才不敢承認。

「好啦好啦，我們沒交往過啦。」直到放暑假前，就在我快被逼到幾乎要跳湖澄清之際，皓皓終於說出人話。

沒想到大家的反應卻是——王皓群眞是好男人，甩了前女友還爲對方作面子。

眞是跳到黃河也洗不清，我戚可帆的名號從此變成「王皓群的前女友」，但皓皓竟也覺得無所謂，他該不會是藉此報復我長年對他頤指氣使吧。

眞是陰險啊王皓群，早從小時候就鋪梗到現在，讓高中同學都以爲我是被你甩掉的前女友，我的貞節和名聲何在？

好在救命小天使在高二出現了。

高二開學時，班上來了一個轉學生，簡伊凡長得很漂亮，臉上帶妝，轉學第一天就把裙子反摺得很短，露出一雙修長美腿，看起來美翻天，當然還差我那麼一點。

「啊？她一看就是沒交過男朋友的樣子，怎麼可能是王皓群的前女友？」簡伊凡這句話爲我做出了最有力的澄清。

因爲簡伊凡才轉學過來兩個禮拜，居然就換了兩任男朋友，有幾個同學忍不住問她是否戀愛經驗豐富。

她大方承認自己對於戀愛的觀念十分開放，還說對方是不是處男處女、有沒有談過戀愛，她一聞就知道。她走到我身邊繞了一圈，就斬釘截鐵地做出了這個結論。

「長年以來的誤會終於得以解開啦！」我抱住她感激涕零地大喊，終於有人出手拯救我，讓我不用跳黃河也能洗得一身乾淨啦！

就因爲這樣，我和簡伊凡成爲無話不談的好友，論三八、自戀和女王的程度，她與我不相上下，而且恰巧我們的名字裡有一個字發音相同，這不就是命中註定嗎？

簡伊凡國小休學過一年，所以比我們大上一歲，我一直覺得會不會就是因爲相差一歲，她才會如此成熟？

不過這不是重點，自小學五年級至今，我和皓皓都神奇地被分到同一班，托他的福，我的女性朋友少之又少，生活圈狹隘得幾乎只有皓皓一個人。

自從遇上簡伊凡，一切都不一樣了，我的生活瞬間變得多采多姿，放學後不用再和皓皓結伴回家，而是跟簡伊凡到處去吃蛋糕、逛街、看電影。

這樣才像是個高中女生，萬歲！

「是你們太古怪了！」簡伊凡把蛋糕上的草莓送進嘴裡。

「古怪？」我用叉子刮掉蛋糕上的奶油。

「你看看，王皓群是個大帥哥，妳是個大美女，你們兩個不當男女朋友，只當普通朋友，這本身就很奇怪。」

「我們是青梅竹馬啊。」我皺起眉頭，「但我確實是大美女沒錯。」

「妳重點搞錯了，那是事實，不用特別討論。」簡伊凡說。

嗯！她說得對，不愧是我的好朋友。

「唉。」她突然嘆了一口氣。

「怎麼了？」我瞥向窗外，站在不遠處的那人，身形看起來似乎有幾分熟悉。

「爲什麼世界上這麼多這種人？」

簡伊凡的話拉回我的注意力，我問：「哪種人？」

「就是只當朋友卻不在一起，明明兩個人很合適、而且也互相喜歡，但就是不在一起。」

「我和皓皓可沒有互相喜歡。」我趕緊申明。

「明明就有，兩個人之間有沒有特殊的感情存在，我一聞就知道了。」簡伊凡不耐煩地擺擺手，「你們這種人還有一個共同點，就是死不承認自己的感情。」

「隨便妳說啦。」我敷衍地回答，站在窗外不遠處的那個人似乎一直往我們這邊看，眞是太可疑了。

「妳們只有兩個人嗎？」坐在隔壁桌的兩個高中男生驀地過來搭話，

對，這就是跟簡伊凡出來的另一個好處，會被搭訕啊！

以前皓皓在我身邊跟前跟後，根本沒有男生會靠近我，畢竟誰的外表能贏得過皓皓啊，但是，跟簡伊凡這樣的美女走在一起就不同了，多少男人明目張膽地對我們行注目禮啊！

我幾乎笑得嘴都要歪了，而簡伊凡狐媚的雙眼眨動兩下，抬頭對那兩個素質還不錯的男生露出微笑。

「那我們可以……」

「不可以。」皓皓忽然現身橫擋在桌前。

皓皓的個頭比那兩個男生都還要高上一截，眼神彷彿帶著殺氣，那兩個男生話也不敢再多說一句，灰頭土臉地離開。

接著皓皓在我旁邊的空位坐下，面色不善地拿起我桌上的水杯喝了口，還順便吃掉我的蛋糕。

「你幹麼啦，竟然跟蹤我們？」我沒好氣地說：「趕跑搭訕我們的男生不說，還吃掉我的蛋糕。」

「那兩個一看就不是好東西，那種貨色妳也要？妳是多想交男朋友啊？」

「是不是好東西我們自己會判斷。」我還沒出聲，簡伊凡就先幫我說話，我對她豎起拇指，示意她繼續說下去。「而且你趕走搭訕可帆的男生就算了，幹麼趕走搭訕我的？」

「妳不是已經有男朋友了？」皓皓皺眉，感覺他拿簡伊凡很沒辦法。

「那個分了啦。」簡伊凡懶懶地往椅背一靠。

「又分了？」我和皓皓齊聲大喊。

簡伊凡只是聳聳肩，不置可否。

我從沒看過她和哪任男友交往超過一個月，她總說不試著交往就不會知道兩個人合不合適，一旦發現不合適就快點分開，以免歹戲拖棚。

她覺得自己是在茫茫人海中努力追尋眞愛。

總之，簡伊凡就是個活在當下並享受當下的女人。

「妳會有報應的！」皓皓難得對女生毒舌。

「我不怕，追尋眞愛有什麼錯？」簡伊凡理直氣壯地看著我，要我爲她說話。

於是我清了清喉嚨道：「撇除妳利用A認識B，最後卻跟B的朋友C在一起，還有使喚D買東西給妳，趁機甩了C，又和新認識的E在一起，還有……」

「停！不用如數家珍講出我的豐功偉業！」她舉起一隻手打斷我。

「我就是怕可可被妳帶壞，才會跟著妳們。」皓皓招來服務生，點了杯冰咖啡。

「什麼可可、皓皓的，你們眞是噁心斃了！叫得這麼親密還不在一起！」簡伊凡一直都對我們稱呼彼此的方式感到不以爲然。

「又來了，怎麼大家老是要我們『在一起』啊！」我兩手一攤。

「你們知道嗎？我有兩個朋友也跟你們一樣，死不在一起，明明郎有情妹有意……」

「郎有情妹有意？」皓皓狐疑地看了我一眼。

「我是戚可帆最好的朋友，老實說，你們到底有沒有一腿？」簡伊凡不死心地追問。

「當然沒有！」我立刻反駁。

「妳說的不算，王皓群，你喜歡可帆嗎？」

我轉頭看皓皓，早有預料他的答案會是什麼。

「喜歡啊。」他果然這麼說。

「妳應該要進一步問他，是不是含有戀愛成分的那種喜歡？」趁簡伊凡還沒發出驚天地泣鬼神的尖叫之前，我必須先澄清。

「這有差嗎？」皓皓挑眉。

「當然有差，如果是包含戀愛成分的喜歡，你會想要與對方接吻，而若只是單純喜歡一個朋友，那就不會。」簡伊凡解釋。

「我們兩個接過吻啊！」皓皓居然在大庭廣眾之下，把我們五歲那時的初吻給講出來。

我簡直要昏過去了，再一次趕在簡伊凡尖叫前把事情解釋清楚，才免過一場災難。

「你們兩個認眞一點啦。」簡伊凡有些不耐煩，「你們對於彼此的喜歡，到底有沒有包含戀愛的成分？」

我和皓皓對看一眼，異口同聲地回答：「沒有！」

☾

「沒有？」杜小娟失態大叫，手一抖。

「啊！好痛！」我忍不住驚呼，她忘了自己正在幫我再上一層眼線液嗎？眼線液都跑進我的眼睛了。

「抱歉抱歉！」杜小娟連忙緊急補救。

等她重新上過眼線液後，我的眼睛看起來更加水潤有神了。

「但是從皓皓國中時期的表現來看，他應該是喜歡妳的。」杜小娟在我的顴骨處刷上腮紅，她也跟著我一起稱呼他皓皓。

「我在想，可能是我們陪伴在彼此身邊太久了，互動又太親密，所以才會搞不清楚這樣的相處模式到底是朋友，還是戀人？」

「你們沒有血緣關係，然後還互相喜歡，那就是戀人。」

「不一定啊，我一開始不就說了嗎？我們是沒有血緣關係的雙胞胎。」我哈哈笑了兩聲。

杜小娟的手機鈴聲響起，她略帶歉意地看了我一眼才接起，而我看著鏡中近乎完妝的自己，只剩下口紅未上了。

今天是我的大喜之日，或許是因爲這個原因，我才會如此懷念過去。

我竟然有點想哭，就要結婚了，我卻因爲想念過去而快要流淚。

看著手上碩大的鑽石婚戒，那首歌的旋律突然迴盪在我心中，就在我眼淚快要掉下來時，杜小娟剛好結束通話。

「眼線液又跑進去了嗎？」她注意到我眼眶泛紅。

「沒有啦，是假睫毛讓我的眼皮有點張不開。」

杜小娟沒有說什麼，只是站在我身後，有些惋惜地從鏡中看著我。

☾

對於我和皓皓竟都宣稱彼此之間的情感無涉愛情，簡伊凡感到萬分訝異，她說她的直覺告訴她，我們兩個一定會在一起，只是我們現下還未察覺自己眞正的心意罷了。

而差不多也就是在這個時候，我和皓皓終於有些拉開距離，他因爲加入籃球社，每天放學都會去打籃球，我漸漸不再坐在一旁等他一起回家。

同時高中女生比較大膽，也比較有自信，又或者說比較有手段，她們不再用寫情書這麼老套的方式來表達對皓皓的愛慕，而是主動跟皓皓搭話、聊天，相約出遊。

皓皓的態度也很大方，他樂於交友，前提是不單獨跟對方出去。

「如果距離沒拿捏好，不小心給了她們希望，不是害了她們嗎？」某天放學後，我們三個人難得齊聚在速食店裡，當簡伊凡詢問皓皓爲什麼不單獨和女生約會時，皓皓這樣回答。

「你不試試看，怎麼知道會不會喜歡上對方？」簡伊凡擺擺手。

「喜歡應該是當下就能感覺得到的心情，怎麼還會需要通過交往來測試？」

「當然需要啊，你以爲每個人都可以一見鍾情？當然要經過相處才知道來不來電。」

簡伊凡沒好氣地翻白眼。

這下子我終於理解爲何她會男朋友一個換過一個，因爲她還在尋找愛情，也就是說，她還沒喜歡上任何一個人。

「我又不像妳，一定要交男朋友才行。」皓皓對簡伊凡一點也不客氣。

「那當然，你交男朋友還得了。」簡伊凡嗆回。

「原來皓皓一直對女人沒興趣，是因爲他喜歡男人！」我故作驚訝地幫腔。

「難怪有妳這樣的大美女在他身邊，他也不會動心。」

「是啊，害我以爲自己沒有魅力。」

「妳們兩個眞是煩死了，煩人二重唱啊！」皓皓撇撇嘴，而他隨口說出的這個組合，也成爲我和簡伊凡日後用在MSN上的代稱。

煩人二重唱的可帆與伊凡，在此正式出道。

第六章

高三已然到來，我坐在書桌前卻完全念不下書，看著一旁的親親布偶，心裡想著爲什麼我和皓皓這麼要好，卻沒有發展出戀情？

很多愛情小說都是以青梅竹馬做爲主角，偶像劇也時常上演好朋友變成戀人的劇碼，那爲什麼我和皓皓自五歲相識至今，卻遲遲未萌生出心動的感覺呢？

我在紙上畫下一個Q版的皓皓，皓皓長得又高又帥、歌也唱得好聽，課業成績更是優異，個性還溫柔體貼乖巧聽話好欺負，爲什麼我沒有喜歡上這麼出色的他呢？是不是因爲我一直都沒有把他當成異性看待？

仔細想想，我好像只有在國中某段時期，特別意識到皓皓是異性，也只有在那段時期，和他相處起來比較彆扭。

「接吻啦，妳和他接吻看看就知道了！如果有心動的感覺就是了！」簡伊凡在電話那頭不負責任地建議。

「我們吻過啦。」

「五歲的小孩能懂什麼？我是說現在！再吻一次就知道彼此有沒有感覺了，屢試不爽。」聽起來簡伊凡都是用這招來確認對方是不是對的人。

「這樣不會很奇怪嗎？」我遲疑地問。

「反正你們又不是沒親過，況且難道妳不想確認一下，王皓群到底是不是那個對的人嗎？」

我認眞思索簡伊凡所言的可行性，其實也不是不能試試看，只是由我來開口會不會怪怪的？

「不然妳把這個提議講給皓皓聽，看他想不想這麼做。」我想了個折衷的做法。

「我的天啊，小姐，妳要我打電話去問一個男人要不要跟妳接吻？妳比我還大膽啊妳！」簡伊凡誇張地喊，但最後她還是答應了，我倒不覺得她是眞心想幫我，應該是看熱鬧的成分居多。

掛掉電話不久，當我還在爲參考書上的數學算式苦惱時，家中門鈴響起，我聽見媽媽穿著拖鞋的腳步聲往門口走去，雙方打過招呼後，該名訪客往我房間走來。

「皓皓。」我連頭都不用抬就知道是他。

他謹愼地關上門後，壓低聲音說：「妳叫簡伊凡打那什麼電話給我？」

「才不是我叫她打的，是她自己要打的。」這種事我當然不能老實承認，說完，我抬頭朝他望去，發現他連耳根都紅了。

「不管怎麼說，怎麼能用接吻來測試？」他坐到我床邊。

「不然你說怎麼辦？而且你還不是來了。」我側過身看著他。

「妳幹麼突然在意起我們之間的關係？」

「想弄清楚啊。」

「弄清楚什麼？」

「弄清楚我到底有沒有喜歡你，或是你有沒有喜歡我。」

「接吻就能弄清楚嗎？」

「簡伊凡是這麼說的。」

「那個交際花說的話能聽嗎？」皓皓一臉無奈，「有沒有喜歡我，妳自己不知道嗎？」

「我當然喜歡你，但那樣的喜歡是否包含戀愛的成分，我不清楚。」

這眞的很難定義清楚啊，我和皓皓共同度過的時光太漫長了，我們一起經歷過無數開心歡笑與悲傷難過，長久陪伴在彼此左右，說實話，我無法想像失去皓皓的生活。

但眼看就要升上大學，再怎麼親密無間，我們終有一天要各奔東西，如果到時候才發現，其實我是喜歡皓皓的，那怎麼辦？

又或是等到我交了男朋友、他交了女朋友之後，我們才發現其實我們互相喜歡，那不是虧大了，既傷害了彼此的情人，也傷害了自己。

所以確實有必要在高中畢業前弄清楚這件事。

「你自己老實說，你是不是也搞不清楚對我的喜歡是不是愛情？」我的眼睛緊盯著皓皓不放。

他先是想要開口反駁，卻又倏地止住了話，單手撐著下巴，思考片刻才說：「國中有一段時間，我以爲我喜歡妳。」

這突如其來的告白讓我有點被嚇到，我明白皓皓這是想認眞和我談論，便也不害羞，還把椅子朝他拉近些。

「就是你要我假裝當你女朋友的那段時間嘛！」

「對啊，就是那段時間。」皓皓臉上閃過一絲尷尬，「可是後來我又不是很確定，也許是我們靠得太近，才會產生錯覺。」

「也有可能我們以爲是錯覺，但其實那眞的是愛情。」我說。

然後我們對看好久，望著皓皓漆黑如墨的眼瞳，我像是被什麼魔法給定住了，無法移開目光，不知不覺與他雙手交握。

我喜歡他凝視著我，也喜歡和他肢體接觸。

看著他的雙眼離我越來越近，我的眼睛卻越張越大，我知道他的唇很快就要貼上我的。

「喂……閉上眼睛啦……」皓皓語帶彆扭地說。

「喔。」我乖乖照做。

先是感受到一股熱氣朝我靠近，接著皓皓長長的睫毛顫抖著滑過我緊閉的眼皮，嘴唇傳來一陣溫熱的觸感。

這就是接吻嗎？

很輕很輕，幾乎就像微風輕拂過嘴唇，跟我記憶中那個五歲的吻不一樣，這個吻感覺更像大人，而且還夾雜著些許羞澀。

「怎麼樣？」當皓皓離開我的唇，他雙臉緋紅，有些緊張地問。

「你覺得怎麼樣呢？」我問，聲音竟然微微打顫。

他沒有回答，我也沒再說話，緩緩起身坐到他身邊，兩人肩靠著肩，安靜無語。

也不知道過了多久，忽然響起的敲門聲讓我們嚇了一大跳，皓皓還渾身輕顫了下。

「你們兩個要不要吃水果啊？我放在客廳桌上。」媽媽打開房門，探進一顆頭來。

我能從她的表情看出她是故意的，原來媽媽也明白，我和皓皓都到了可以戀愛的年紀。孤男寡女待在房間裡，她難免會擔心，要是她再早個幾分鐘開門，就會看見我們兩個接吻了，以後可要把門鎖起來才是。

打發媽媽離開後，我和皓皓互看一眼，接著大笑不止。

笑得腰都彎了、眼淚都要流出來了，我們兩個還是一直一直笑著。

「所以說，怎麼樣呢？那個吻。」皓皓好不容易停住笑，雙手緊張地摩娑著自己的大腿。

「就……就一個吻。」

那個吻，雖然不同於五歲時那個滿是孩子氣的親吻，但感覺卻是一樣的，我不討厭，甚至可以說是喜歡，但也僅此而已。

「這樣啊……」皓皓略微失望，我湊到他身前，貼近他的臉，他一臉莫名其妙地問：「妳幹麼？」

「我這樣貼近你的臉，你會覺得心跳加速嗎？」

「妳畢竟是女生，當然多多少少會。」皓皓誠實回答。

「是不是只要是女生，對你來說都一樣？」

「當然不一樣，那些女生怎麼能和妳比。」皓皓反駁，我也同意，就像其他臭男生也不能和皓皓比。

但正因爲我們都把彼此看得太過特別、太過重要，所以更是搞不清楚，這份心情究竟是愛情，還是早就昇華成親情？

我們確實是喜歡彼此的，但那或許眞的不是愛情。

「我一直以爲自己喜歡妳，但也許眞的就像那妖女說的，吻過才知道。」

居然把簡伊凡形容成妖女？

不過挺貼切就是了。

「我們是不是在一起太久了，一切都太自然了，才會分不清楚那樣的情誼是愛情還是親情？」我捂著自己的心口。說眞的，如果皓皓撫摸我，我不會排斥，也不會討厭，但就是少了那種心動的感覺，我們太習慣彼此的存在了。

而那種心動的感覺，在愛情裡卻又是最最重要的。

「也許眞的是如此。」皓皓拿起床上的親親布偶把玩，「但不管怎麼樣，我都想一直陪伴在妳左右，直到我們年老之後，還可以互相扶持。」

「我也是，我不准任何人欺負你、不准任何女人讓你傷心，不管怎麼樣，我都會把你放在第一位。」

我摸向親親布偶的耳朵，同時瞥見從皓皓口袋裡掉出的親親手機吊飾，我書包上也掛著另一個一模一樣的吊飾。

「我們這種關係，別人一定都不懂，也不能理解。」我笑了起來。

「至少我們努力確認過彼此之間存在的並不是愛情，而是另一種情感啊。」皓皓聳肩，「我比較擔心的是以後我們各自的男女朋友容不容得下對方。」

「先等我們交到男女朋友再說吧！」我推了下他的頭。

皓皓爽朗地大笑，將布偶往我臉上扔。

好大的膽子，居然敢對女王這麼無禮，本來我想著要給他一記過肩摔，然而在看見他天真柔和的笑臉後，就決定饒他一命。

「你該剪劉海了。」

「我覺得這樣剛好。」他撥了撥蓋住眉毛的劉海。

「那會遮蓋住你好看的額頭。」

他無所謂地說：「這樣才好，以免更多女人愛上我。」

這一次我再也受不了，直接將布偶丟到他臉上，我們發出驚天動地的笑聲，惹得媽媽忍不住衝進房裡要我們別吵到鄰居。

我們都曾懷疑彼此之間存在著的也許是愛情，但我們都錯了。

「可那確實是愛情啊。」杜小娟不可置信地驚呼，連手上的動作都停下，「照理來說，接吻確實是能馬上測試出情感的好方法。」

「是啊，所以我們在吻過對方之後，才明白那不是愛情。」

「可是，」杜小娟頓了頓，「就算不是愛情，那樣的情感應該也很接近愛情了吧。」

我歪著頭思索，卻想不出個所以然來，杜小娟也緊蹙著眉，像是也陷入了沉思。我注意到她遲遲沒再動作，便提醒她時間不多了。杜小娟這才猛然回過神來，替我在臉上、胸前及背後撲上一層薄薄的蜜粉。

「話說回來，妳的伴娘呢？怎麼沒看見她？」杜小娟為我調整禮服時才想起怎麼到現在還不見伴娘的蹤影。

「答案很明顯啊，簡伊凡小姐遲到了！」我兩手一攤，這混蛋居然敢在我的大喜之日遲到。

我老大不高興地拿起手機撥電話給簡伊凡，她也明白自己犯了大錯，一接起電話便立刻道歉。

「親愛的，對不起！我快到了，現在在停車，等我等我！」電話那頭傳來她慌亂的聲音，她不愧是我的好朋友，很了解我的個性，趁我還沒大罵之前就搶先掛斷電話。

但我也不是不懂她，她說她快到了，表示大概還得再等上半個小時人才會出現。

「哼，待會伴娘紅包就不給她了！」我忿忿地說。

「我還滿期待看見簡伊凡的，因爲我身邊沒有像她那樣的朋友。」杜小娟看起來有些興奮，我狐疑地問她，所謂的「那樣」是哪樣？

「就是那種充滿自信、明白自己要什麼，並且勇於追求愛情、玩弄男人於股掌之間的女人啊！」

看樣子她已經完全將簡伊凡神格化了，我拍拍她的肩膀，「仙女也會下凡，簡伊凡交了男朋友，栽在對方手裡很久了。」

「眞的假的？」杜小娟訝異地張大嘴。

我點點頭，微微扯動嘴角，連我也曾爲此跌破眼鏡，但這是大學那時候的事，就留到後面再講吧。

一陣敲門聲再度響起，依然處於呆滯狀態的杜小娟過去開門，勝群哥探頭對我說：「爸來了。」

我起身想去幫忙，但禮服長長的裙襬讓我難以行動，還不等我過去，勝群哥就推著輪椅走進來，杜小娟有些驚訝地往後退了一步。

輪椅上的男人慈眉善目，一身黝黑的皮膚是長期在工地蓋房子所晒出的勳章，他方正的臉上掛著再溫柔不過的笑容。

「爸，您來了。」我彎下腰，給他一個擁抱。

「可帆，妳今天好漂亮。」他輕拍我的背，我注意到他眼眶濕潤。

爸就是太過多愁善感，結婚是喜事啊，這他也哭。

「謝謝爸，您今天也穿得很帥啊！」他身上穿著前幾日我爲他挑選的西裝，我俏皮地眨眨眼睛，向他豎起拇指。

「唉，人都老了。」爸嘴裡雖這麼說，臉上卻微微泛紅，不好意思地笑。

「皓群要我跟妳說，賓客差不多到一半了。」勝群哥說。

「想不到台灣人這次還滿準時的。」我挑眉。

爸看向我的眼神蘊含許多情緒，我明白他想要說些什麼，卻又說不出口。

很奇怪，明明中文裡的詞彙這麼多，但很多時候我們依然找不出適當的詞彙來形容自己的感覺。

到底是我懂得的詞彙太少，還是人的感情眞的難以用言語清楚表達。

我只能握著爸的手，對他微笑。

「我們家皓群配不上妳。」

「爸！」勝群哥皺眉喊了聲。

我繼續維持得體的微笑，不讓他們發現我的猶豫，「爸，你們快去主桌入座吧。勝群哥，方便的話就幫我招呼一下客人。」

「當然。」勝群哥一口答應，推著爸的輪椅就要出去。

「可帆，妳今天很漂亮。」離開之前，爸輕聲對我說，眼中有淚光閃爍。

今天爸眼中的我究竟是什麼樣子？很漂亮？很幸福？還是……

杜小娟看著我的眼睛裡帶有許多疑問，但隨著我故事繼續說下去，她總會得到所有的解答。

或許，她也能幫我找出答案。

有人在網路上某個兩性討論區裡提問，自己的男朋友有個很要好的女性朋友，該怎麼辦？

大多數網友的回答都傾向：男方和那個女性朋友之間一定有鬼，男女之間是不存在純友誼的。

我回頭望了正躺在我床上呼呼大睡的皓皓一眼，也許有一天，他的女朋友也會這樣質疑我。

可是我和皓皓眞的努力過了，我們試著探察與對方陷入戀愛的可能性，卻毫無所獲，我們是很親密沒錯，但那不是愛情。

所以我們確實只是彼此最要好的朋友，我們和那些連試都沒試過，就宣稱自己絕對不會跟對方在一起的人不一樣。

儘管我如此說服自己，但簡伊凡可不這麼認爲。

「你們眞是讓我大吃一驚，居然眞的接吻，更蠢的是，兩個人竟然在接吻之後還沒能察覺自己眞正的心意。」簡伊凡在電話那頭說。

「妳必須承認妳錯了，還說什麼妳聞得到戀愛的味道，簡直是亂說一通。」反駁完簡伊凡，我轉過身用力拍了下皓皓的大腿，要他睡過去些，然後趴在他旁邊看雜誌。

「還是你們試著上床看看？」

「簡伊凡！」我忍不住驚呼，這女人嘴巴眞的百無禁忌，什麼話都說得出口。

「我是講眞的啊，可能你們遲鈍到連接吻也感覺不出來，上床比較深入，說不定可以……」

「可以什麼？」我連忙制止她繼續說下去，看了一旁的皓皓一眼，幸好他還在睡覺，我壓低聲音問她：「要是上床之後，還是覺得我們之間不存在愛情呢？」

「那又怎樣？妳有吃虧嗎？是王皓群欸，他手一勾，就有幾百個女生願意脫光衣服躺上去。」

嗯，皓皓之前叫簡伊凡妖女，我認同，然後前面還要再多幾個字——

口無遮攔的妖女。

「我眞的很心急如焚，我聞得到你們兩個之間那股濃郁的愛情氣息，但這份情感被你們藏得太深太深了，深到你們無法察覺，我的天啊。」

簡伊凡講話怎麼都可以這麼歪？

「時間會證明我沒錯。」最後，她在電話那頭下了像是預言般的結論。

「我們會證明妳是錯的。」透過虛掩著的門縫，我瞥見媽媽走過去的身影，她剛剛似乎在偷偷窺探我和皓皓在房裡做什麼。

看樣子，連她都不相信我和皓皓之間是清白的。

也許該是時候和皓皓做出切割了，也許離別就在不遠的未來等著我們。

畢竟皓皓比我聰明太多，我老覺得就算是麻省理工學院，如果他想的話，應該也申請得上，不過不管他如何傑出，他還是我的跟班。

總之大學放榜那天，果然幾家歡樂幾家愁，簡伊凡聳聳肩，無所謂地表示念哪裡都好，反正有我陪她，我們兩個笨蛋一同考上一所位於南部的學校。

而皓皓就如我所預料，順利考進了最高學府，可以繼續留在台北。

當我開始打包行李時，看了向來擺在床上的親親布偶一眼，決定把她留在這裡，在我心中，親親布偶一直都不是親親的替身，而是皓皓的象徵。

所以我必須把布偶留在這裡，不能一起帶去學校宿舍，不然不就等於讓皓皓跟著我到台南？那我還怎麼和皓皓做切割？

「可可。」皓皓在房門外喊我。

「我現在很忙。」

「我知道，我是來幫忙的。」他逕自推門而入，自動自發地將書桌上的文具放進一個小紙箱。

「你又知道我要帶哪些東西過去了？」

他側過頭看我，「我還不夠了解妳嗎？」

「也是。」

今天的我們和平常不同，居然沒打打鬧鬧，也沒聊天，就只是安靜地收拾行李。

在皓皓的幫助下，行李很快就收完了，看著房間裡一大半的東西都被收進幾個大小紙箱，我才真有種即將要離開的惆悵感。

「妳明天就要離開了。」皓皓的聲音有些寂寞。

我討厭離別的場面，也不喜歡過於感性的話語，那會讓我渾身不對勁，所以我用力一跳，從後方勾住皓皓的脖子，他吃痛地喊了聲。

「幹麼悶悶不樂？你留在台北念大學說不定會過得很快樂，交到很多朋友，很快就不記得我了。」

「妳才是哩。」他掙脫開我的手，揉著後頸站到一旁。

「也是，我有簡伊凡陪著，說不定很快就會交到男朋友。」

「簡伊凡挑中的妳都不要選，我還真怕她把妳推入火坑。」

「哼。」我吐吐舌頭，正想走出房間，皓皓卻搶先上前一把按住房門，我扭頭看他，

「幹麼？」

他俯下身對我說：「喂，答應我，妳會好好照顧自己，不會被壞男人騙。」

在這個瞬間，我的情緒起了劇烈的波動，一股溫暖的感覺蔓延至全身，我為皓皓出自肺腑的關心而感動萬分，我知道這不是愛情，這只是青梅竹馬之間的深厚情誼。

「我保證。」我想也沒想便脫口而出，用盡全身的力氣抱住皓皓，「你也是！」

「為什麼不帶走親親？」他也用力抱著我，並在我耳邊問。

「不為什麼。」我說。

他輕輕拍了拍我的背，我們在房間裡向彼此告別，中斷這場長達十三年的朝夕相伴。珍重再見，我們都要好好珍重自己，然後再次相見。

一直以來，我們都陪伴在彼此身旁，有句話是這麼說的，靠得太近，所以看不清楚。也許人就是犯賤，太過唾手可得的事物，都不會察覺其重要性。

每當我回想起那個時候，都不免會想，究竟離開皓皓去南部念大學對我而言是好是壞？如果我能預先知道後面會發生什麼事，或許我不會輕易選擇與他分開。

早知道那時候就留在台北、留在皓皓身邊，又或者帶走親親娃娃，也許一切會不一樣。

但千金難買早知道，而我也沒有千金。

☾

不得不說，簡伊凡亮麗的外型的確很占優勢，一進到大學便招來許多桃花，大學男生追求女孩子的招數更是五花八門，簡伊凡時常苦惱著不知道該選哪一個交往。

「也許叫他們嘟起嘴巴排排站，我一個一個吻過去，就會知道哪個是真愛。」她的提議非常荒謬，我聽了只能搖頭嘆氣。

大學校園隔著一條街就是夜市，我和簡伊凡在夜市附近合租了一層小公寓，兩房一廳一衛浴，還有個小陽臺，租金平分，並擬定了一條生活公約——不能帶男人回來。

托簡伊凡的福，我身邊的蒼蠅也不少，只可惜簡伊凡招惹來的蒼蠅都不怎麼樣，糟到連戀愛經驗爲零的我也看得出那些人是爛咖。

從夜市帶了一堆宵夜回到租屋，我們坐在客廳邊吃邊看電視上的兩性節目，這期的節目主題是邀請幾個來賓，共同討論男女之間存在純友誼的可能性。

「妳有沒有考慮過幾個月不交男朋友，把所有的異性都當一般朋友交往，或許這樣能比較快找到眞愛？」我啃著雞屁股提議。

「沒有。」她只顧著檢視手機裡的訊息，想也不想便答。

「講眞的，妳認眞考慮一下啦。」我靠過去黏在她身上磨蹭，「妳想想嘛！妳現在引來的都只會是一些想交女朋友的男人，怎麼會有什麼好東西？」

「一樣啦，男人之所以會跟女生交朋友，大多是爲了要把那個女生。」簡伊凡邊滑手機邊說。

「妳又知道了？至少我跟皓皓就不是那樣啊！」我哼了聲。

簡伊凡忽然嘆了一口大氣，「早知道妳和王皓群沒有在一起，我就去勾引他了。」

我瞪大眼睛，「妳想過要勾引他？」

「他是大帥哥啊，但你們兩個老是形影不離，我總覺得你們總有一天會交往，所以才放棄勾引他。」簡伊凡沒想隱瞞。

「現在追他也不遲啊，我最好的兩個朋友若是能在一起，那我必定會很替你們高興。」我拍手叫好，簡伊凡卻白了我一眼。

「在我知道你們兩個接過吻之後，妳覺得我對他還會有其他想法嗎？」她指著我鼻子罵，「我告訴妳，戚可帆，就算是我，也會嫉妒有妳這樣一個異性好友待在王皓群身邊，何況是其他女人。」

「什麼意思啊？」

「就是說，你們要不就越走越近，要不就漸行漸遠，除此之外，沒有其他可能。」她舉起食指在我面前搖晃。

我賭氣轉過身，電視節目裡的其中一位來賓正講得口沫橫飛：「想像你的另一半有位異性好友，對方知道所有你另一半不為人知的祕密，有些祕密可能連你都不知道，他們一個眼神、一個動作就能互相理解，你好像被隔絕在他們的默契與親密無間之外，那樣的情誼真的只是友情嗎？」

我氣得關掉電視，不理會簡伊凡在背後叫喚，逕自回房。

我會證明，我和皓皓之間的友情不會對我們將來各自的另一半造成影響，而我和皓皓也不會漸行漸遠，我會讓我和皓皓的另一半，都能接受我們的存在。

第七章

「可帆，妳沒有男朋友對吧，那你覺得我怎麼樣？」通識課坐在我身邊的蒼蠅之一紅著臉問我這個問題。

我在心中暗暗計算，自升上大學以來，這是第十個人向我告白了。

如果覺得這樣的人數很誇張，那是因為你還沒聽過有多少人向簡伊凡告白。

「是沒有。」我露出禮貌的微笑，「嗯，你是個好人。」

「真過分。」蒼蠅的口吻帶著幾分可惜，但程度大概只跟晚餐沒吃到想吃的東西差不多。

上了大學後，我以為自己會談一場戀愛，讓我明白陷入戀愛究竟是什麼感覺，從而理解那樣的感覺與我和皓皓之間的情誼有何不同。

可我想不到的是，我不但沒能體會到戀愛的滋味，反而更搞不懂什麼是戀愛、什麼是真心。

回想當年結衣向皓皓告白的情景，身高一百七十五公分的結衣，垂在身側的雙手緊握成拳，兩頰飛紅，每講出一句話都像是用盡了全身的力氣。

方才那隻蒼蠅的告白不過像是在問我「吃過飯了沒？」，態度輕鬆隨意，相較之下，結衣的告白顯得真心許多，也動人許多。

怎麼年紀越大，對於愛情的理解卻反而越是迷惘？

爲什麼身邊的人對於愛情多半都抱持著遊戲的態度？輸了砍掉重練就好，又或者想著亂槍打鳥總會打中一隻。

戀愛該是因爲我喜歡他，所以我要他是我男朋友，而不是我想要男朋友，所以我選了他。

但若是將這些疑問與簡伊凡討論，只會換來一陣訕笑，說我不夠開放、戀愛觀念太老派。

那麼皓皓呢？他又會怎麼想？

高中後期漸漸少有女生向他告白，除了皓皓刻意與女生保持楚河漢界般涇渭分明的距離之外，女生也多半會認定「王皓群身邊已經有戚可帆和簡伊凡這兩位大美女，又怎麼會看得上我」，這種想法已根深蒂固在公主幫心中，所以她們才不想去碰釘子。

「又有蒼蠅跟妳告白？」簡伊凡和我一同坐在中庭，她邊吃關東煮邊問，經過的學生無不多瞧我們兩眼。

「那算是告白嗎？我覺得對他來說只是這槍沒打到鳥。」再次托簡伊凡的福，我講話也變得口無遮攔，惹得她哈哈大笑。

「我打算找班上幾個女生辦一場聯誼，對象是附近那間大學二年級的男生，妳要不要參加？」

「妳辦啊，但我不去。」

「戚可帆！我們可是煩人二重唱，做什麼事都該一起，況且妳不參加聯誼哪找得到男朋友？」

有問題！簡伊凡怎麼會要我參加聯誼？。

「我又不急著找男朋友。」我示意她講話小聲點，在人來人往的中庭如此嚷嚷，被別人聽到還以爲我多想交男朋友。

「說不定王皓群都交女朋友了。」她低聲說，「別等他了，先交個男友留著用。」

「用什麼用……」話說回來，我倒是很久沒和皓皓聯絡了。

上一次回台北也是期中考前的事了，至今少說也過了一個月，而這一個月皓皓竟然都沒打電話給我？

「講眞的啦，妳一定要去，主辦者看了妳的照片，說想認識妳，而且他很帥喔，家裡又有錢，要是知道他家是做什麼的，保證妳嚇一跳……」

「妳總算說出眞話了，還拿我的照片給別人看。」我鄙夷地斜睨她一眼。

「別用那種眼神看我，對方是加我臉書之後看見的。」

我不太相信簡伊凡的解釋，但也沒想就這點繼續爭論，至於是否參加聯誼，我還需要再考慮一下。

晚上回到租屋處，我主動打電話給皓皓。

「可可，怎麼了？」皓皓很快接起，他的聲音明明沒變，卻突然讓我覺得好陌生。

「你最近在幹麼？居然沒主動跟我報告近況。」

「對不起嘛，我加入歌唱社團，忙碌得很。」皓皓說話時，手機那頭同時傳來女生的歌聲，曲調很是熟悉。

「歌唱社？參加那種社團的不都是女生嗎？你不會是爲了把妹吧！」

「不是啦，嚴格說起來應該是詞曲研究社，透過創作於不同年代的歌詞，去了解當時的社會背景與價値觀。」

皓皓說的那些話我有聽沒有懂，簡單來講，他就是在忽悠我，於是我故意悶不吭聲。

「妳眞的生氣啦？」皓皓試探性地問，「好啦，下次妳回來我請妳吃飯，別生氣啦。」

「那還差不多。」

「不過妳回來要提早跟我說，才好排時間。」

我「啊」了一聲，「我還要先跟你約時間？」

「因爲系上有很多報告要做，社團也滿忙的，然後我們這群朋友也三不五時會聚會。」

我們這群朋友？什麼時候我已經不算在他的「我們這群朋友」裡了？

「你根本沒有心，不稀罕！」我氣呼呼地掛掉電話，皓皓再打過來也不接。

看著皓皓的臉書，我訝異地發現一件事，從前我們兩個的生活重疊太多，而今卻交集太少。

在他塗鴉牆上留言的人，有一半以上我都不認得。

當初是我想要切割兩人的生活圈，才故意選塡南部的大學，如今卻因爲皓皓有了自己的朋友圈感到寂寞。

「我決定去參加聯誼！」我打開房門向簡伊凡宣布，她樂得大聲尖叫，衝過來對我又吻又抱。

簡伊凡說得沒錯，皓皓有自己的朋友圈，那我也該要有，否則當初何必選擇與他分開？

我一直以爲聯誼就跟日劇裡所上演的情節一樣，一群陌生男女分坐在餐廳長桌兩邊，女生座位不變，每隔一段時間男生就會更換座位，輪流與不同的女生聊天，最後男女雙方再擇定有興趣的對象深談。

誰知簡伊凡選擇的聯誼地點卻是KTV，包廂裡這麼吵，怎麼有辦法聊天啊？

不過實際去了之後，我才理解到環境吵雜正是好處之一，就算氣氛尷尬，也一定有音樂陪襯，眞沒話講就拿起麥克風唱歌。

「各位，我是簡伊凡，這次聯誼的召集者之一，另一位則是……喂！王博宇！」她走過去把一個正坐著跟別人聊天的男生拉起來，「我們兩個是國小同學。」

「大家好，放心，我們都是好人，別害怕。」王博宇微微一笑，露出一口整齊潔白的牙齒，他的膚色比一般男生還要黑一些，眼睛又圓又大，雖然穿著寬鬆的T恤，卻掩藏不住底下結實的肌肉，感覺是個有運動習慣的陽光男孩。

「都成年人了，不需要我們一一招呼吧，總之大家就自行去認識新朋友吧！」簡伊凡不負責任地說完就開始唱歌。

我默數了一下在場人數，照理說聯誼應該男女人數相等，但此刻男生卻少一人。

「妳是戚可帆，伊凡的好朋友，對吧？」王博宇忽然坐到我旁邊，並朝我伸出手來，「我是王博宇。」

「你好。」我禮貌性地握住他溫熱的大手，他掌心好幾處都長了繭，「你有在運動對吧？」

「對啊，我從國中就開始打籃球，現在是系籃隊長。」王博宇的嗓音很特別，即便身處在喧鬧的包廂，他的嗓音聽來也格外清晰。

我注意到簡伊凡轉過頭看我一眼，偷偷指了指王博宇，接著豎起大拇指，我頓時明白王博宇就是她說的那個想認識我的人。

儘管簡伊凡挑男人的眼光老是不怎麼樣，但這個王博宇感覺起來卻挺正人君子的，反正我都來了，和他聊聊也無妨。

「聽說你是簡伊凡的國小同學，怎麼和她聯絡上的？」我隨口問。

「因爲臉書啊，上面連我幼稚園同學都能找到。」

「是喔。」我忽然間詞窮，不知該說些什麼延續話題。

而王博宇倒是沒有這個困擾，嘴巴像是停不下來似的，總是能找到新的話題，我不喜歡裝熟的人，但王博宇卻不令我生出反感，反倒讓我刮目相看。

大多數陌生人在展開交談時，都會不斷探詢對方的種種，他卻沒問我任何問題，只主動講述了許多自己的事情。

短短十分鐘過去，我知道他就讀資訊系大一，喜歡籃球、喜歡紅色、喜歡看歐美影集、喜歡聽慢歌，家住台北，從國中到現在都是籃球隊隊長，人緣好，朋友多。

最重要的是，他有一雙會笑的眼睛。

「王博宇，我發現你們少一個人。」簡伊凡冷不防透過麥克風說。

「我有個高中學弟等等會過來，他要打工，會晚點到。」王博宇話才剛說完，包廂門就被打開，門外站著一個膚色比王博宇還要黝黑的男生，或許是因爲遲到，他臉上帶著一絲難以察覺的尷尬。

「劉旻文！」王博宇起身朝那個男生走去，用力拍了下他的肩膀，這個舉動讓他露出淺淺的笑容。「各位，這是我國中學弟劉旻文，跟妳們女生一樣是大一。」

我看著劉旻文，總覺得他雖然在笑，但笑意似乎未達眼底。

「遲到先罰一首歌！」簡伊凡向來愛捉弄人，她拿著麥克風要劉旻文解釋遲到原因，只見劉旻文對王博宇投去求救的眼神

「你自求多福吧。」王博宇聳肩道，說完坐回到我旁邊。

劉旻文無奈之下只得接過麥克風，神情宛若壯士赴死般壯烈，偏偏簡伊凡還故意找了

一首難度超高的歌插播，眾人也跟著起鬨，力拱劉旻文站在前面唱。

「別嚇到喔。」王博宇在我耳邊竊笑，我以為這句話是意指劉旻文的歌聲難聽，然而當他一張口，所有人立刻止住笑鬧。

以前看歌唱選秀節目，曾聽過評審說「我在你的歌聲看不到畫面」，當時我一直覺得這句講評很奇怪，一個人的歌聲怎麼有辦法讓另一個人看見畫面，歌聲不過是好聽跟不好聽的區別罷了。

但此刻聽著劉旻文的歌聲，我腦中居然浮現出一幕幕與歌曲MV完全不同的畫面，像是專為他的歌聲所衍生出的景象，讓我大為驚豔。

劉旻文唱到一個段落，擅自按下卡歌鍵，略帶困窘地說：「可以了吧？」

他這句話是對著神情呆滯的簡伊凡說的，而這女人竟好似直至此刻才猛然回過神來，有些無措地說：「啊？好、好吧。」

看樣子，簡伊凡也徹底沉醉在他的歌聲裡嘍。

「就說吧，要你們別嚇到的。」王博宇哈哈大笑，眼睛彎成兩枚新月，那模樣好看極了。

就生平第一次聯誼來說，算是還滿愉快的經驗，與會男生的素質都不錯，不是說長相，而是他們的言行舉止都頗有紳士風度。

然後果然如我所料，簡伊凡鎖定劉旻文成為下一個目標，看樣子他出色的歌聲征服了她。

「什麼征服？玩玩罷了！」簡伊凡不改本性說道。

「我覺得他看起來怪純情的，妳別傷害他。」這種話居然是我對簡伊凡說，通常不都是一個男人對另一個男人說嗎？

「哪有不受傷的戀愛？」簡伊凡嘿嘿地笑，不把我說的話當一回事。

當時的我們都沒想到，在這段感情中受傷的，竟不是劉旻文。

聯誼過後，我很快就忘了王博宇這個人，也沒有與他聯繫，彷彿他就只是生命中無關緊要的過客，如果我沒有再次與他巧遇的話。

那天我從學校離開，臨時起意走了另一條路返回租屋處，意外發現一家新開的雞排店，買了一塊就站在路邊吃了起來。

雞排外皮酥脆，肉質軟嫩多汁，果然人生處處有驚喜啊。

吃完最後一口雞排，正當我想把垃圾拿過去垃圾桶丟時，發現前方竟是個小型籃球場，有個略微眼熟的身影在球場上奔馳。

光是這樣並不足以讓我因此駐足，此時一顆籃球碰巧骨碌碌地滾到我面前，彎腰撿起後，就看見王博宇朝我走了過來。

「戚可帆？妳怎麼會在這裡？」

這句話才是我要問的吧？

「我就住這附近，倒是你，怎麼會來這裡打籃球？」

「剛好來附近找朋友，就相約一起打球。」他抬手抹去額上的汗，指向籃球場上那幾個朝這裡看過來的男生。

「你眞的很愛打籃球。」我將手上的球還給他。

「習慣了啦，小時候我媽都說要多打籃球才會長高，所以嘍。」他聳聳肩，眼珠一轉，「嘿，等等要不要一起吃飯？」

王博宇突然的邀約，讓我微微一愣。簡伊凡今晚約了劉旻文一起看電影，劉旻文看起來像是個害羞的草食男，我原以爲他會拒絕，沒想到他答應了。

也許劉旻文對豔麗的簡伊凡也有興趣？或許我可以從王博宇口中打聽到一些關於劉旻文的事。

於是我點頭答應與王博宇共進晚餐。

王博宇開心地說：「太好了，那妳方便坐在旁邊等我一下嗎？再十分鐘就好。」

這一幕好熟悉，以前我國中的時候也曾像現在一樣，坐在一旁看皓皓打籃球，等他一起放學，並引來公主幫成員夾雜著欣羨與嫉妒的側目；如今我觀看與等候的對象卻換成了另一個男人。

那麼皓皓身邊是否聚集了新一批的公主幫成員？或者有沒有出現另一個類似於我的女孩讓公主幫既欣羨又嫉妒？

這種想法眞讓人寂寞。

最近每次想起皓皓，我心上總有一抹陰影揮之不去，好像有什麼壞事將要降臨，我討厭這種感覺。

球賽結束後，王博宇對另外兩個男生說再見，信步朝我走來，那兩個男生看向我和王博宇的眼神，就好像從前別人看著我跟皓皓一樣。

「我知道附近有一間很好吃的炒飯。」他領著我走到一台黑色機車旁，從車廂取出一頂安全帽遞給我。

我忽然意識到一件事——這是我第一次坐男生的機車。

「還是妳不想吃炒飯？」見我沒回答，於是他問。

「不是，我有點恍神。好啊，就吃炒飯吧！」我戴上安全帽跨上機車後座，不知道雙手該放在哪裡。

「妳不介意的話，可以抓我的衣角，或者抓後面的把手也行。」他似乎看穿我的困窘，出言爲我解圍。

我尷尬一笑，抓住後面的把手。

「抱歉，我剛打完球，身上可能有點臭。」他嘿嘿笑了兩聲，態度大方自然，讓我也受到他的感染，跟著笑了起來。

他說的那間店，其實離我的租屋處不算太遠，但那間店所在的位址是在從租屋處去到學校的反方向，因此我從未來過。也許是還不到用餐時間，店裡的客人不多，我們分別點了蝦仁炒飯和肉絲炒飯。

炒飯一送上桌，王博宇就在他的肉絲炒飯淋滿了番茄醬。

「那樣好吃嗎？」我看著他那盤被蕃茄醬染紅的炒飯問。

「超好吃，妳要試試看嗎？」他將番茄醬遞給我。

我意思意思地淋了一些在飯上，舀起一小口嘗了嘗，發現口感眞的不賴。

「很好吃對吧！」他露出燦爛的笑容，嘴角沾到一滴番茄醬，像個小孩子。

看著這樣的王博宇，我不由得暗自拿他和皓皓比較，他們倆個都長得很帥，性格卻截然不同。

「妳知道簡伊凡和我學弟在約會嗎？」他搶在我開口詢問前先提起。

我點頭，正想請他代爲提醒劉旻文，別對簡伊凡投入太多眞心，以免受傷，王博宇卻又搶先嘆著氣說：「簡伊凡會受傷。」

咦？前幾天我才對簡伊凡說過一模一樣的話。

「她怎麼可能受傷！」我失笑。

「如果她只是玩玩，那就沒關係，但不要眞的喜歡上我學弟。」

我看他的表情不像是開玩笑，忍不住問：「爲什麼這麼說？」

「我學弟心裡有人，帶他出來聯誼只是想讓他看開些，雖然好像沒用。」王博宇聳聳肩，又挖了一勺炒飯塞進嘴裡。

「我倒不擔心簡伊凡，你學弟別受傷就好。」我這樣講似乎怪怪的。

「那就希望他們兩個都別受傷。」王博宇笑著回。

然而我們都心知肚明，只要與人往來，都有受傷的可能，即便只是普通朋友之間的交談，都有可能會因為對方一句無心的話語而難受，更何況是投入一段感情。

「話說回來，聽說妳沒交過男朋友？是不想交嗎？」乍聽之下，王博宇像只是隨口問問，但他的雙眼卻直直盯著我。

「就……還不到時候吧。」我自己也不是很確定，王博宇聞言卻露出一個很大的笑容。

「妳炒飯不吃了嗎？」

「吃不下。」畢竟我不久前才吃了一塊雞排，但才吃完雞排的我又吃了半盤炒飯，這我可說不出口

「那我幫妳吃掉吧。」王博宇說完就將我那盤炒飯拉過去，我立刻攔下他。

「不、不要啦，我都吃過了。」而且我其實是想打包帶回家當宵夜。

「沒關係啦，妳又沒生病，沒吃完很浪費，而且以後下地獄還要繼續吃。」

連以後會下地獄吃餿水這種理由都講出來了，我實在也不好再拒絕，況且看著王博宇再次將番茄醬淋滿炒飯，我怎麼都說不出想要打包。

一直以來，我都以為自己在男生面前是不在乎形象的自然派，此刻我才發現，我只有在皓皓面前是一條龍，在別的男生面前根本就是一條蟲。

用完餐後，王博宇騎車送我回租屋處。我在樓下摘下安全帽時，注意到家裡燈光是亮著的，代表簡伊凡已經回來了，她不是說今晚要去約會嗎？

「今天謝謝你，還讓你請我吃飯，下次我請回來。」我把安全帽還給他。

「這可是妳說的，不能食言。」他拿出手機，「妳的手機號碼是幾號？」

他在跟我要電話，態度一派自然，我的心跳卻突然加快。

最後他笑著跟我道別，那個笑容讓我傻愣在原地好久。

直到踏進租屋處，我依然有些飄飄然，不過在看見簡伊凡失魂落魄地坐在客廳時，那樣的感覺隨即煙消雲散。

「妳還好吧？」我隨手將包包丟在沙發上。

「不是吧？他對我一點興趣也沒有。」簡伊凡兩手一攤，滿臉忿忿不平，像是在責問我。

「誰對你沒興趣？」我很快會意過來，「劉旻文？」

「對，他錢包裡放著別人的照片。」簡伊凡語氣充滿不可置信，她不敢相信居然有男人無視於她的魅力。

「我剛剛跟王博宇吃飯，他叫妳別對劉旻文放感情，他說妳會受傷。」

「我？放感情？受傷？」她瞪大眼睛，「我是簡伊凡欸，從來都只有我讓人受傷，沒有人可以讓我受傷！」

「放感情的人都會受傷啊。」我聳聳肩，逕自打開電視。

簡伊凡好一陣子都沒說話，我蹙眉看向她，「妳幹麼啊？反正妳也不是認眞的，不是嗎？到此打住就好。」

「我討厭這種感覺。」簡伊凡難得氣得嘣起嘴巴，雙手交叉在胸前，「爲了我的自尊，我一定會把劉旻文追到手，然後再甩了他。」

我很詫異，明明總是來者不拒，去者不追的簡伊凡現在是在做什麼？

「妳不是本來就打算只是玩玩嗎？吃不到就算了，換另一個人吧。」

「我很氣啊！妳和王博宇都認爲我會受傷，我會證明，我不會受傷！」簡伊凡賭氣地說。

「王博宇都說他心中有人了，妳也看到他錢包裡有其他女生的照片，這種男人不好攻陷吧？」

「男人都一樣，褲子一脫，都是動物。」簡伊凡驕傲地揚起自己那張完美無瑕的美麗臉蛋，「我一定能攻陷他的，等到他喜歡上我，我就會甩掉他。」

「簡伊凡，不要這樣戲弄純情男子。」我出言相勸。

「每個人一生至少都該在愛情中遇見一次壞人，教會自己愛情有多現實、多殘忍，這樣才能練就一顆宛如銅牆鐵壁般的心。我這是在做善事。」簡伊凡這番言論非常過分，卻又著實有幾分道理。

看著志得意滿的簡伊凡，那時候的我想著，也許到最後受傷的眞的會是劉旻文，所以我在心中爲他默哀一分鐘，不過人生總是意外百出。

簡伊凡終於遇見眞愛，卻落得遍體鱗傷，在數不清的夜裡痛苦哭泣，她以自身印證了自己的那番話，遇見了劉旻文，教會了她愛情既現實且殘忍，然後將自己的心練成了銅牆鐵壁，好抵禦各種傷心。

也許，這就是愛的代價。

期末考前一個禮拜，平日從沒認眞聽課的我，正如火如荼地將課本上的內容全數硬塞進腦袋裡，以前有皓皓幫我惡補，如今卻只能靠自己，好在臨時抱佛腳多少有點用處，我的成績還算勉強過得去。

在這種緊要關頭，簡伊凡居然還有空去約會，她整個火力全開，像是在實踐漫畫《金田一少年事件簿》裡的經典名句——賭上爺爺的名聲，她發誓一定要追到劉旻文。

我捧著厚厚的課本念到兩眼昏花就要放棄時，救星皓皓碰巧打電話來，我正想叫他教我功課，又想到我們念的科系不同，他是要怎麼教？

「可可……」

一聽到皓皓的聲音，我馬上察覺不對勁，他的聲音流露出前所未有的沮喪，我內心頓時湧上強烈的不安。

「怎麼了？」我連忙問。

「我爸爸……」

「叔叔怎麼了？」

「他住院了……」

杜小娟從剛剛就一副欲言又止的模樣，我不得不停下敘述，問她怎麼了。

「沒有啦。」她睜眼說瞎話。

此刻我的妝髮造型都完成得差不多了，只剩一些細節要補強。

「妳就直說啦，這樣吊人胃口怪不舒服的。」

「那個……簡伊凡的眞愛就是劉旻文？」

我忍不住挑眉，杜小娟怎麼這麼在意簡伊凡？明明我才是故事的主角。

「是啊，他們現在還在一起。」這令我咬牙切齒，「我不喜歡劉旻文。」

「爲什麼？」

「因爲，他心裡有別人，他對於前女友還不能忘懷，卻跟簡伊凡交往，我不喜歡這樣，簡伊凡付出了眞心，劉旻文卻沒有。」

「但是……」

「對，簡伊凡在遇見劉旻文之前，也傷害過很多人，就像簡伊凡說的，沒有不會受傷的戀情，我只是不希望自己的朋友遇到這種事。」

見我如此義憤塡膺，杜小娟也不好意思再說什麼，低頭替我的頭髮噴上定型噴霧，並選了幾個合適的小髮夾，等待會佩戴頭紗時使用。

接下來她替我上了一層護唇膏，再塗上粉色唇膏，最後以帶來水潤感的唇蜜收尾，讓我的雙唇宛如雜誌裡的模特兒般動人。

「佩戴頭紗之後就大致完工了。」杜小娟鬆了一口氣，稍微整理了下桌面。透過鏡子，我清楚看見她咬著下唇，她一定有話沒說，算了，晚點再問她。

我要繼續把故事說下去了。

一聽見叔叔緊急住院，我二話不說立刻收拾行李要趕回台北，離開時還碰巧在門口撞見簡伊凡和劉旻文。

「啊！我只是回來拿東西……」簡伊凡連忙解釋她沒想違反租屋公約，劉旻文只是送她回來，沒有要進到屋裡，當她注意到我手上提著行李時，才疑惑地問：「這麼晚妳是要去哪裡？」

「皓皓他爸住院了，詳細原因還不清楚，總之，我要先回台北一趟。」我趕忙穿上鞋子，劉旻文對我點點頭，算是招呼。

他眼中一片木然，一點情緒都沒有，像死魚一樣，真受不了。

「妳現在要回台北？下禮拜就要期末考了耶！」簡伊凡在我身後大喊，我回頭對她擺擺手，即刻趕往火車站。

坐在火車上，我腦中不斷迴盪著皓皓沮喪的聲音，心急如焚。叔叔喪妻早，皓皓和勝群哥當時也還小，家裡需要用錢，所以叔叔總是在外沒命地工作，我很少見到叔叔，每次他看見我都會笑咪咪地說：「要是我有一個女兒就好了。」

我打電話給媽媽，她和爸陪著皓皓、勝群哥在醫院，她說叔叔下班回家後忽然全身顫抖，研判應該是急性中風，情況不是很樂觀，媽媽要我別擔心。

「都說不樂觀了，怎麼可能不擔心？」我眼眶一熱。手足無措的我，突然體悟到意外總是來得措手不及，而生命更是脆弱得可怕。

抵達台北已經快接近午夜十二點，我攔了輛計程車直奔醫院，爸媽很訝異我竟然會連夜趕回來。

「妳怎麼不打電話讓我們去接妳？這麼晚一個女孩子獨自搭計程車實在太危險！」媽媽念了我幾句，眉間滿是憂心。

「叔叔還好嗎？」我焦急地問。

爸媽對看一眼，輕輕搖頭，誰也沒有接話。

我頓時眼前一黑，聽見自己軟弱無力的聲音響起：「那皓皓呢？」

媽媽指向長廊前方的轉角處，我艱難地抬步走去，感覺世界天旋地轉，邁出的每一步都如履薄冰，我克制自己不要尖叫，不要面露擔憂，我要當皓皓的支柱，絕對不能先垮下去。

勝群哥咬著指甲低頭坐在椅子上，連我走過去都沒發覺。

而皓皓縮在牆邊，頭埋在雙膝間，我彷彿看見了五歲時的他，總是哭泣著的他。

我跪坐在他身前，雙手輕輕放上他的肩膀，皓皓全身一震，猛地抬起頭，他的眼睛就像小時候那樣哭得通紅，但這一次，他眼中多了恐懼。

「皓……」

我才開口，他便撲上來緊緊地抱住我，全身顫抖不已，他的淚浸濕了我肩上的衣服，「可可，要是我爸爸死了，那怎麼辦？」

聽見他沙啞哽咽的嗓音，我也忍不住抱著他落淚，我們像個孩子一樣，只能用無能為力的眼淚宣洩心中的慌張與害怕。

「王皓勝的家屬。」護理師小姐在走廊喊，我和皓皓立刻從地板上爬起來，跟在勝群哥背後跑過去。

「你們可以進去病房看，但……別太刺激他。」護理師小姐欲言又止，情況好像眞的很不樂觀。

我腳步不穩，像是踩在浮冰上，隨時都會墜入冰冷的海水，皓皓和勝群哥快步走入病房，爸媽走到我身邊，一個人搭著我的肩膀，另一個人握住我的手。

媽媽領著我坐在病房外的椅子上等待，爸爸則上前詢問醫生詳細的情況。

病房的門忽然被打開，我迅速彈跳起來，站在門口的皓皓，臉色並沒有比進去前好上多少，他對我說：「可可，我爸想見妳。」

我看了媽媽一眼，她拍拍我的肩膀，示意我進去病房。皓皓朝我伸手，而我也迅速回握他總是溫暖的手。

醫院是生與死的交界，望著病床上虛弱的叔叔，我費了好大的力氣才能止住眼淚，勉強擠出笑容。

「可帆……」叔叔顫抖著伸出手，我急忙握住，生怕動作若是不快些，那隻手就會無力地垂下。

「叔、叔叔……」

勝群哥在一旁緊咬下唇，他也拚了命忍住眼淚。

「讓你們擔心了……」叔叔罩著氧氣罩，努力說話的樣子令人看了非常心疼。

「叔叔，你會好起來的，如果不想讓我們擔心，就快點好起來。」我用力握緊他的手。

「我自己的身體，自己知道。」叔叔露出一個認命的笑容，而我討厭那樣的笑容。

「爸！」勝群哥責怪地吼了聲，他的眼淚終究還是掉了下來。

「我最遺憾的是……沒有一個女兒……」

當時我不懂，爲什麼叔叔會爲這種事感到那麼遺憾，後來皓皓才告訴我，在他上面有過一個姊姊，但胎兒卻在四個月大時忽然心跳終止，原因不明，只好拿掉，而皓皓媽媽本來就不好的身體也因此變得更差了，才會在生下皓皓不久後過世。

那個未能誕生的女兒是皓皓爸媽心中永遠的遺憾，也是不能痊癒的疼痛。

儘管不明白箇中原因，但當下我想也不想便握緊叔叔的手，認眞地看著他說：「我就是你的女兒啊！以後我就跟皓皓一樣喊您一聲爸。」

叔叔，不對，是爸，他欣慰地笑瞇了眼，用另一隻手抓起皓皓的手，將我和他的手交疊在一起。

皓皓的淚水早已潰堤，幾乎已經認定離別近在眼前，整間病房迴盪著再難抑制的哭聲。我在心中乞求老天，別這麼快帶走皓皓的爸爸，我們都還是離不開父母的孩子。

也許是我們的眼淚感動老天，又或許是爸堅強的意志力使然，他的病情奇蹟似的逐漸好轉，而我的期末考則不出意料地慘不忍睹。

不過那不打緊，爸能活下來，才是最重要的事。

然後，還有另一件事要特別一提，因爲我那天的離開，爲簡伊凡創造了天時地利的絕佳時機，她違反了規定，將劉旻文留宿在她的房裡。

孤男寡女同住一房會發生什麼事？理所當然地，簡伊凡吃掉了他。

又或者該說是簡伊凡主動獻身吧。

「他們上床了？」杜小娟關注的重點依然執意放在簡伊凡身上。

「劉旻文是不是很可惡？他心中有別人，卻和簡伊凡上床。對於男人來說，性和愛眞的是可以分開的嗎？」我忿忿不平。

「簡伊凡知道這件事嗎？」

「她當然知道，所以我才說簡伊凡會受傷，她在這場戀愛中永遠都是輸家。」誰付出的感情多，誰就輸了。

我觀察杜小娟的表情，從我剛剛的敘述中，杜小娟一定得到了她想知道的答案，但同時也加深了她的困惑，否則她不會雙眉緊蹙。

「妳到底爲什麼這麼在意簡伊凡？」

「沒什麼。」杜小娟還想說謊。

見她還是不肯老實說，我決定使出大絕招，「妳再不告訴我，我就不接著說了。」

果然她立刻投降，她嘆了一口氣：「我一開始還不是很確定……但是這樣聽下來，總覺得應該就是他……」

「什麼啊？」我戴上蕾絲手套，看著吞吞吐吐的杜小娟，感到十分不耐。

「劉旻文，是我的高中同學。」

「啊？」

第八章

「妳要不要番茄醬？」

「啊？」

「妳在發呆嗎？」王博宇輕笑。

「有點。」我接過番茄醬淋在炒飯上面，有些感嘆，「我的成績單就跟番茄醬一樣，滿江紅啊。」

「這麼慘？妳看起來像是那種會認眞念書的人啊。」王博宇也在炒飯上加了兩大坨番茄醬。

「我還是第一次聽到有人這麼說！」將蕃茄醬與炒飯拌勻後，我大口吃了起來。

暑假回到台北後，某次與王博宇聊天時，意外發現他就住在我家附近，騎機車大約十五分鐘左右，於是他約我一起去他家附近的某間小餐館，說店裡賣的炒飯超級好吃。

雖然別名爲炒飯之旅，但我們眞的只是單純一起吃炒飯呀，然而這個敏感的字詞當然免不了被簡伊凡這個思想不純正的女人給扭曲，老說那是種另有所指的暗示。

「說到簡伊凡……她還是陷下去了呀。」王博宇眞心誠意地嘆了一口好大的氣。

「那劉旻文呢？他還忘不了前女友？」

王博宇點頭。

這世道還有如此痴心不改之人？我才不相信。

「他和前女友是高中同班同學，他前女友也是心裡有別人，卻和他交往，他可能是想著時間久了，前女友就會漸漸愛上他，可惜最後還是失敗了。」王博宇又在炒飯裡加入了更多的番茄醬，「這樣很好吃，對吧？」

「嗯，好吃。」我心不在焉地回答，想起簡伊凡那閃閃發光的眼神和帶著賭氣的宣誓，我好怕劉旻文是她的前車之鑑，讓她受盡傷害之後卻一無所獲。

「妳別太過擔心他們了，反正那也是簡伊凡自己選擇的。」

「也是。」

簡伊凡的轉變有目共睹，過去她都是在與對方接吻過，確定對方不是那個會讓她心跳不已的人後，就迅速抽身；如果還不能確定，就再上床纏綿試試，再不行就撤，毫不拖泥帶水。但這次她都和劉旻文滾過不知道幾遍床單了，卻還持續待在劉旻文身邊。

也許名義上，他是她的男朋友，可是明眼人都看得出來，劉旻文完全沒把簡伊凡放在心上。

驕傲的簡伊凡究竟在劉旻文身上看見什麼，才會如此死心塌地喜歡上他？還是正因爲劉旻文不愛她，是她以往沒遇過的類型，所以簡伊凡才興起了征服的欲望？而獵物就是要靈動地逃跑，獵人追逐起來才有樂趣。

哎呀，我怎樣都無法理解簡伊凡的想法，如果是我，早早就放棄了，我幹麼要那麼卑微地去喜歡一個男人啊！

我到現在還是不明白喜歡一個人是什麼樣的心情。除了皓皓，王博宇是我目前最親近的異性好友，不過他和皓皓有許多明顯的區別。

首先，他喜歡番茄醬，而皓皓討厭茄；再者，他的手比皓皓還大、掌心的繭也還要更多些；然後，他有一雙會笑的眼睛。

而最最重要的差異是，他不是皓皓，不是我的青梅竹馬。

出於好玩，我曾用手機拍下許多王博宇的照片，他時而大笑、時而凝望鏡頭，也有幾張是我們兩個的合照。看著這些照片，總覺得內心深處似乎生出了某種微妙的感覺，可是我不知道那是什麼，那樣的感覺既熟悉又陌生，我找不出言語形容。

就在此時，我房間的門忽然被人推開，我下意識地翻過手機蓋在桌面上。

「幹麼？妳剛剛在看什麼？」皓皓手裡拿著餅乾，疑惑地望著我。

「你進來都不用敲門喔！」

「我什麼時候進來有敲門過？」

「在你很小的時候，那時候你還很尊敬我這個主人。」我沒好氣地搶過他手上的餅乾。

「什麼啊，妳哪是我主人！」他先是在地板上坐下，接著趁我不注意，拿起我放在桌上的手機看過去。

「你幹麼啦！」我想把手機搶回來，但皓皓卻站了起來，雙手舉得高高的，我根本搆不到。

「這男的是誰？」皓皓指著王博宇張大嘴吃炒飯的照片問：「男朋友？」

「才不是！是朋友啦！」我迅速跳到床上抓住他的手，總算順利搶回手機。

「妳這樣不夠意思，是不是要介紹一下？」皓皓嬉皮笑臉地拍拍我的肩膀，而我停下動作，斜眼看著他，他注意到我反應有異，也挑了挑眉，「怎麼？」

「你不會覺得怪怪的嗎？」

「什麼意思？」

「就是……我居然有你不認識的朋友。」

「這不是理所當然的事嗎？」

「算了。」我把手機放進口袋，盤腿坐在床上，也許會為此感到寂寞的只有我一個人。

皓皓坐在我身邊繼續吃餅乾，「話說，我爸的事謝謝妳。」

「有什麼好謝的？」

「妳當時不是快要期末考了嗎？還特意回來，所以才會考砸。」

我有些不悅，「什麼時候我們之間還要爲這種事道謝？」

「這是基本禮貌啊。」皓皓驚訝地看著我，「別生氣啦。」

「你爸就是我爸，忘了他認我做女兒了嗎？」我拿起枕頭往他身上扔，這麼見外的他讓我莫名覺得火大。

他敏捷地接住枕頭，瞥了擺在床上的親親布偶一眼，「妳這次會帶親親去學校嗎？」

我搖頭，皓皓沒再說什麼，只是聳聳肩。

接著他嘴裡輕輕哼出一段旋律，好像在哪裡聽過，我走到窗邊望出去，發現今晚又是滿月。

「皓皓……」我興奮地指著月亮並轉過頭，皓皓不知道什麼時候站到了我身後，他握住我的食指，低頭凝視著我。

「不能指月亮。」他低聲說。

那一瞬間，時間彷彿倏地停止，夏夜黏膩潮濕的空氣讓我呼吸困難。

皓皓又輕輕哼起那首熟悉的歌曲，我終於聽出來了，是〈魯冰花〉。

「記得小時候妳唱過這首歌給我聽吧？」他沒有放開我的手，反而握得更緊，「在爸爸的病房外等候時，我腦中一直迴盪著這首歌。」

我永遠記得皓皓蹲在病房外走廊上那副茫然無助的模樣，他當時問我，如果爸走了，他該怎麼辦。

後來爸雖然出院，卻不能再站起來，必須終身坐在輪椅上，但能有這樣的結果已經是萬幸，只要爸還活著，皓皓和勝群哥就還有個依靠。

「爸不會離開你的。」我說。

「無論周遭的人如何來來去去，妳我永遠都會陪伴在彼此身邊。」他漆黑的雙眸好似映著那輪滿月的光輝，而我被那雙眼睛吸了進去，深陷其中。

他的眼神，有時候會將我緊緊捆綁住，一動也不能動。

「我有妳。」皓皓將下巴輕輕抵在我的額頭上，依然沒有放開我被他握住的手指，他的氣息如此貼近，如此熟悉，如此陌生。

他彷彿，輕輕摟著我。

「所以你們有接吻嗎？」

「沒有。妳說妳認識劉旻文？」我訝異這個世界竟然這麼小。

「我和他國高中都同班，跟他的前女友是好姊妹……」杜小娟小聲說。

「眞的假的？你們還有聯絡嗎？」

「很偶爾，自從他和雁子分手後就沒再聯絡過了……沒想到這麼巧。」杜小娟聳聳肩。

剛剛杜小娟爲了幫我調整隱形內衣，把門鎖上了，此時突然有人猛地轉動門把，簡伊凡的聲音隨之在門外響起。

「戚——可——帆——開——門！」

「說人人到。」我正想請杜小娟過去開門，她卻拉住我的手腕，神色有些驚慌。

「劉旻文會跟她一起過來吧？如果在這裡看到我，對他們一點好處也沒有。」

也難怪杜小娟緊張，要是劉旻文見到她，難保他不會當著簡伊凡的面詢問杜小娟關於他前女友的事，這樣簡伊凡該怎麼辦？

「我到了啦，快點幫我開門。」簡伊凡粗魯地拍打門板。

「等我一下！」我手忙腳亂地喊，瞥見懸掛禮服的架子後方有一處小小的空間，忽然靈機一動。

我指著那處示意杜小娟趕緊躲進去，她一臉如釋重負，連忙照辦，隨後我調整了下另外兩件禮服懸掛的位置，確定能遮掩住她的身影後，才上前開門。

「妳怎麼動作這麼慢！哇！妳好漂亮！」簡伊凡竟穿著一身大紅色旗袍，是想要蓋過我的風頭嗎？

身著黑西裝的劉旻文，面無表情站在簡伊凡身後，向我點頭致意。

「爲什麼遲到？」我故意板起臉。

簡伊凡吐了吐舌，走進準備室，「唉唷，因爲王皓群說忘了帶一個布偶過來，要我繞過去拿。」

「他幹麼要妳帶這個過來？」我看著她遞給我的親親布偶，聲音微微顫抖。

「妳問他啊！」她一點也不客氣地坐下，擅自拿起桌上的化妝品對著鏡子補妝，然後拿起放在一旁的謝卡，仔細端詳上面的照片，幽幽地說：「原來我不永遠是對的。」

我和劉旻文難得對看一眼，不明白她在說什麼。

「我是說妳……」簡伊凡的手機倏地鈴聲大作，她迅速接起，「你們到了嗎？什麼？迷路了？白痴啊！好啦，我跟劉旻文去接你們。」

她一邊說一邊向我擺擺手，也沒解釋是什麼情況，逕自拉著劉旻文走出準備室，像一陣風一樣來去匆匆。

等門關上後，杜小娟才從禮服後方探出一顆頭。

「走了？」

我無奈點頭，雖然我有些好奇劉旻文和前女友之間發生了什麼事，但不急於現在追問，畢竟今天的主角是我，而我的故事還要繼續說下去。

皓皓說要介紹他的朋友給我認識，拉著我參加他們的社團聚會。我不以為然地說，那種奇怪的唱歌社團是會有幾個社員啊，皓皓卻義正詞嚴地解釋他們並非只是聚在一起聽聽音樂、唱唱歌，重點是研究歌詞，尤其是老歌，不同年代的歌詞各自反映出當時的社會民情與價值觀。

「我上次明明跟妳解釋過。」皓皓不滿地說。

我很少聽老歌，唯一一首琅琅上口的老歌就只有〈魯冰花〉吧，因為小時候多次聽媽媽哼唱過，才會留下印象。

聚會地點選在居酒屋，這是我第一次來這種地方，看著皓皓熟練地向店員點菜，我忽然覺得這樣的他有幾分生疏。

「介紹一下，這是我的青梅竹馬，戚可帆。」皓皓手扶在我背後。同時面對那麼多雙瞪大的眼睛，讓我莫名有些緊張。

「王皓群！你從沒提過有個這麼漂亮的青梅竹馬。」其中一個男生發出驚呼，其他人紛紛跟著附和。

我驕傲地抬起下巴，看了皓皓一眼，以往只要有人稱讚我，我都會做出這樣的反應，而皓皓則會迎向我的目光，給我一個帶著莫可奈何的寵溺微笑；然而這次當我看向皓皓時，他的表情卻有些古怪，視線明顯落在另一處。

順著他的視線看過去，他正緊盯著一個女孩子。

那女生一頭挑染成褐色的短髮，臉頰圓潤，帶點嬰兒肥，雖然是坐著，但看得出她身材嬌小。

我很瞭解皓皓，我立刻察覺他對那個女生有好感。

原來，皓皓……喜歡那種類型啊……

「可帆，妳要喝什麼？」某個男生招呼我，我隨口回了句「隨便」，暗中觀察皓皓與那個女生的互動。

她叫做小宥，應該是外號，嗓音和嬌滴滴的外表不太相稱，比想像中低沉許多。

「所以你們從五歲就認識啊！」小宥張大嘴巴，「沒想過在一起？」

我好久沒聽到這個問題了，在場所有人都眨巴著眼睛望著我們，我還在考慮要老實說還是打混過去，皓皓卻搶先開口：「沒有。」

「怎麼可能！」小宥打了皓皓一下，皓皓揉著被小宥打過的地方，對她微微一笑。

看來他果然喜歡小宥，不然爲什麼要說謊？

我們怎麼會沒想過要在一起？明明我們親吻過彼此，想確認彼此之間是否存在著愛情呀。

我心裡漾起一股奇怪的感覺，不知不覺間，皓皓好像跑去了我觸及不到的地方。

服務人員送上飲料，小宥點的是一杯紅色的飲料，她抿了一口便抱怨：「這番茄汁的味道好怪。」

「哪有人在居酒屋點番茄汁啊。」有人吐槽。

「唉唷，想說很久沒喝了嘛。皓群，你喝喝看是不是怪怪的。」她將番茄汁推到皓皓面前。

我連忙伸手擋下，「皓皓他……」

沒想到皓皓竟飛快用力踢了我一腳。

「哎呀。」我忍不住痛呼，皓皓轉過頭瞪我一眼，然後接過那杯番茄汁，神情凝重，卻裝作滿不在乎地喝下一小口。

「果然有點怪。」雖然他的左眉被劉海蓋住，但我知道他根本言不由衷。

他明明很討厭番茄汁，卻爲了小宥喝了！

「就說吧，可帆妳要不要喝喝看？」小宥問我，我搖頭。

「可帆小時候喝蕃茄汁喝到怕了。」皓皓勉強堆起笑容解釋，聽得我瞪大了眼睛。

他剛剛叫我什麼？可帆？

皓皓意識到我心中揉雜了疑惑、驚愕，甚至是氣憤的情緒，整場聚會下來，他沒再看我一眼，要是以前，我必定當場就會發作，可是現在這是皓皓的場子，我不能不給他面子。

唉，現在居然得開始區分「他」的場子或是「我」的場子，以前可都是「我們」的場子啊。

我有一搭沒一搭地與皓皓那群朋友聊天，當他們問我有沒有男朋友時，我搖頭，所有男生不約而同發出熱烈的歡呼。

我表面上抿著得體的微笑與眾人應答，心思卻全都集中在皓皓一個人身上。見皓皓和小宥有說有笑、相談甚歡，我渾身都不自在了起來，這是他第一次對除了我以外的女生如此有耐性。

我煩躁地用吸管攪動杯中沒喝幾口的可爾必思，皓皓這樣的行爲簡直就是重色輕友，氣憤不過，我動起了小心思，故意打翻面前的飲料，想吸引他的注意力，「皓……」

「可帆，我去拿抹布。」皓皓搶在我開口前打斷我。

原本我還有點小開心，他還是有在注意我的一舉一動嘛，然而心念一轉，我頓時領悟他其實只是不想讓別人聽到我叫他皓皓。

簡伊凡曾說，我們兩個稱呼彼此的方式很噁心，我總是很不以爲然，但此刻皓皓的反應卻讓我有種感覺，他不但不想讓別人知道他叫我「可可」，也不想讓別人知道我叫他

「皓皓」，他覺得這樣很丟臉。

「可帆，妳和皓群是青梅竹馬，那妳知道他喜歡什麼樣的女生嗎？」皓皓一離開座位，小宥馬上坐到我旁邊。

「妳喜歡他？」我挑眉問。

「妳不要跟他說。」她拜託我，聲音小得只有我一個人能聽見。

我看著羞紅著臉的小宥說：「我不知道他喜歡什麼類型。」不過，就我的觀察，他很喜歡妳。當然，後面那句我省略沒說。

小宥難掩失望地回座，咬著吸管若有所思，一臉失落。

回家的路上，我賭氣不跟皓皓講話，他自知理虧，低聲下氣地哄著我。

「如果人家聽見我們平常是怎麼稱呼彼此的，他們會怎麼想？」皓皓解釋，我依然不理他。「可可，這沒什麼好氣的啊，妳會在男朋友面前叫我皓皓嗎？」

「至少我不會說謊。還有，我沒有男朋友！」

「妳手機照片裡的那個男生不是嗎？」

「就說他只是我一個好朋友。」我斜眼看他，「所以你眞的喜歡小宥？」

皓皓略微低下頭，耳朵泛起了紅色，我還是第一次見到他這樣，我氣他比我更早了解什麼是愛情。

「和你誤會自己喜歡我那時的感覺，有什麼不一樣？」

「應該是多了緊張感吧。」皓皓傻笑。

也許我和皓皓之所以未能發展出愛情，就是因爲缺少了緊張感吧，我們太習慣彼此的存在，不會爲了對方的一舉一動而心跳加速。

我用力踢了下他的腳後跟洩憤，皓皓只是繼續傻笑，然後抬頭仰望天空。

「今晚星星好多。」

「我們學校那裡星星更多。」我沒好氣地回。

皓皓笑著沒再接話，與我並肩同行，並再次哼唱起了〈魯冰花〉。

我知道　半夜的星星會唱歌
想家的夜晚　它就這樣和我一唱一和
我知道　午後的清風會唱歌
童年的蟬聲　它總是跟風一唱一和

我在心中想著歌詞，「你天花板上的夜光星星還在嗎？」

「當然，那是我媽貼的，永遠不可能撕下。」

「那聽到這首〈魯冰花〉，會讓你想到家嗎？」

「想家？我每天都住在家裡啊。」皓皓不解。

我沒解釋，只是安靜邁步，這首歌總是讓我感到難過。

皓皓沉默一會兒才說：「我們社團也研究過〈魯冰花〉這首歌。」

「眞的？說來聽聽。」

「這首歌是當年一部同名電影的主題曲，妳看過那部電影嗎？」見我搖頭，他接著說：「我特地去找了這部片來看，魯冰花多半種植於田裡或茶樹間，開花結果後，會被農人犁入泥土中做爲肥料，藉此比喻電影裡那位早夭的天才小畫家。」

「有人死了？」

皓皓皺眉，「妳連故事內容都不知道？」

我聳聳肩，我連有這部電影都不知道哩。

「總之，魯冰花的種子苦澀異常，反映出當時時代的悲情，是市井小人物的寫照。」

「我最討厭悲劇了，聽起來就好慘，我才不看。」我三步併作兩步走到大廈門口準備進去，皓皓卻叫住我。

「聽我說完嘛！魯冰花變成肥料後，使茶樹開得更加茂密，孕育出好喝的茶葉。」

我歪了歪頭，不懂皓皓要說什麼。

「接下來要說的才是重點。」站在夜晚的街道上，皓皓的身影顯得有些孤單，長長的影子在路燈的映照下落在我腳邊，「很多父母都願意爲了小孩而付出犧牲，就像魯冰花一樣。」

就像親親返回月亮的那個晚上一樣，我瞬間明白皓皓要說什麼。

「魯冰花的花語是『母愛』。」他搔搔頭，有些害羞，「小時候我想念媽媽的時候，還有爸住院的時候，我都忘了跟妳說一句謝謝。」

我咬著下唇，感動的情緒排山倒海將我淹沒，強忍住眼眶的酸澀，我轉過身不去看他，「爸住院那時候你就說過了，而且我也跟你說過，我們之間不需要說請、謝謝和對不起。」

「但我好像常常跟妳說對不起。」

我假裝沒聽到皓皓這句話，確認眼淚不會胡亂掉出來後，我緩緩回身面向他，決定送他一個大禮物。

「小宥喜歡你。」

「眞的假的？」皓皓露出驚訝的表情，下一秒馬上換上一個大大的笑容，看樣子他還不知道自己多有魅力。

我重重地點頭，給了他肯定的答案。

隨著暑假的終結，皓皓正式和小宥展開交往，不過他對我說，無論如何，對他而言，我依然是最重要的存在。

別傻了，情人和好友的差別就在於，情人會換，好友不會，但情人的位置卻總是被放在好友前面。

我不是那種白目的女生，自從皓皓交了女朋友之後，我便有意識地減少與他的聯繫。

期中考前，王博宇和他的隊友來到我們學校參加大專院校籃球比賽，理所當然找了我當地陪。

「劉旻文高中也是籃球社，他也很厲害。」王博宇拿了兩罐番茄汁給我，我一看見番茄汁就想起小宥。

「我們的話題好像總是在劉旻文和簡伊凡身上打轉。」

王博宇挑起一邊的眉毛，別有深意地看著我笑，「那我們聊聊自己的事。」

「你交過女朋友沒有？」我直接切入重點。

「交過。」王博宇聳肩。

「那你覺得愛情是什麼？」

他似乎覺得我的問題很有趣，用饒富興味的眼神看了我好一陣子。

「這個問題簡伊凡沒回答過妳？」

「她說吻下去就知道了。」我大翻白眼。

「很像她的作風。」他哈哈大笑，「這個問題我要好好想想，不如陪我去打一場籃球，我再回答妳？」

「打完籃球再一起去吃炒飯！」

「同意！」他笑得更開懷了。

坐在籃球場邊看著王博宇和朋友打球，我卻不由得想起皓皓，他現在還會不會打籃球？或者他正在陪小宥一起喝番茄汁？

我內心深處其實很後悔和他分開，但不和他分開，皓皓也許永遠交不到女朋友，而我也不會有男朋友，最終我們兩個就只能陪伴著彼此直到永遠。

這樣的結果也不壞，然而分開之後，我們才能有機會去認識其他人，才會知道真正的愛情是什麼。

滿身是汗的王博宇抱著籃球走到我面前，手指一勾，意思是要我和他一對一鬥牛。

反正玩玩也無所謂，我脫下外套來到場上，相互傳球幾個回合後，王博宇忽然奪走我手上的球，一個旋身，漂亮地射球進籃。

「喂！你不能認眞啦！」我抗議地嚷嚷。王博宇既有身高優勢，又是籃球隊隊長，要是他認眞起來，我當然不可能會贏。

坐在一旁休息的其他球員紛紛笑出聲。

「我做任何事都很認眞，不能放水。」王博宇燦爛一笑。

他三番兩次搶走我的球，一下灌籃一下又長射三分，我幾乎沒摸到球。

這下子沉寂已久的女王脾氣猛地發作起來，好不容易忍住想要用力打飛籃球的衝動，我勉強擠出笑容說：「我不打了。」

似乎沒看出我的不爽，王博宇傻愣愣地問：「怎麼啦？」

「不是啊，我根本連球都摸不到，不想打了。」我兩手一攤，往場邊走去。

「你們先打吧。」王博宇向其他球員交代一聲，跟著在我旁邊坐下。

對於自己這種沒有風度的表現，我感到十分懊悔，是皓皓寵壞了我，讓我的大小姐脾氣怎樣都改不了。正當我陷入自我厭惡與深刻反省之際，王博宇遞了罐礦泉水過來。

「喝一點吧。」

這是他剛剛喝過的，我心頭忽然掠過一陣緊張。

「喔。」轉開瓶蓋後，我停了好久，猶豫著該不該喝。

「妳剛剛問我覺得愛情是什麼，我覺得啊，愛情就像打籃球一樣，一堆人追著搶一顆籃球，但最後只有一個人可以奪得那顆球，並投進籃框。」他側過頭，眼中帶著笑意，「也有人跟妳一樣，怎麼樣都碰不到球，就氣呼呼地說不打了。」

「你很討厭欸。」我抬起手肘頂了他一下。

「投球的方式有很多種，有時候球已經到了籃框邊，卻被人蓋火鍋。」

我哈哈大笑，「但你還是沒回答我，愛情是什麼？」

「雖然投籃是爲了得分，爲了贏，可是愛情中並沒有輸贏，大家追著愛情跑，卻不知道是爲了什麼，也許眞的要等到碰到了，親身體會過之後，才會有自己的見解。」

我似懂非懂，「那你覺得兩個人的感情到達什麼樣的程度，就可以變成情侶？」

「感覺到了就知道啦。」王博宇輕鬆答道，我卻不能理解。

「所以是我的感覺都還不到嗎？」

「妳身邊有讓妳這麼猶豫的對象嗎？」

王博宇這句問話頓時讓我口乾舌燥，趕緊喝了一大口水。

「也不是說猶豫，只是我和那個人靠得太近了，好像很多事情都因此看得不是很清楚。」

「嗯——」他沉吟了一陣，最後拿過我手中的礦泉水飲下一口，再還給我，「最簡單的一種分辨方法就是，妳和他在一起會緊張、心中會小鹿亂撞嗎？」

我搖頭。

「那妳會想多碰觸他、多和他在一起嗎？」

皓皓和我從小一起長大，總是陪伴在我身邊，我從沒想過要特別去碰觸他，或者和他在一起之類的，我們的相處就很自然啊。

於是我搖頭。

「那心情會隨他而起伏嗎？」

或多或少會啊，可是，他和小宥交往，我確實是眞心爲他感到高興。如果我喜歡他，不可能眞心爲他有了女友而高興吧？

所以我依然搖頭。

「那妳會想分擔他的喜怒哀樂嗎？」

我頓了下，想起皓皓無助地蹲在醫院走廊上的模樣，「快樂不一定，但我想幫他分擔傷痛。」

「嗯——」他又拖長了尾音，像是在思考，「最後一題，妳有爲他吃醋過嗎？」

「我還幫他收過情書呢。」

「那我覺得他比較像是妳的好朋友。」王博宇斷言。

可是有件事我說不出口，我和皓皓曾經接吻過，只是雙方都沒對這個吻有什麼特別的感覺。

「有這樣一位異性好朋友正常嗎？」我茫然地問。

「爲什麼不正常？」我沒想到王博宇會反問。

「因爲……我換個方式問好了，如果我是你女朋友，那你會介意我有這樣一位異性好友嗎？」

「不會。」王博宇肯定地答道。

「可是、可是，對我來說他可能比你還重要，很多你不知道的事他都知道，而且、而且他還長得很帥，住在我家附近，甚至比你還要了解我……」

王博宇抿著嘴思考，「你們認識多久了？」

「從五歲至今。」

他眼睛微微瞠大，「那我眞的不會在意欸。」

「爲什麼？」

「因爲你們已經像是親人一樣了。」

這句話在我心中泛起好大的漣漪，姊弟、知己、情人、青梅竹馬、沒有血緣的雙胞胎……我一直無法把皓皓定位在正確的位置，他放在哪個位置似乎都可以，但我竟從沒考慮過「親人」這個選項。

他的確就像是我的親人，我的家人。

「有人說，除了男女朋友之外，最好還要有個青衫之交或紅粉知己。」王博宇笑著再次拿過我手上的礦泉水，一飲而盡後，將空瓶準確地丟進對面的垃圾桶。「我很同意這個觀點，畢竟能認識多一點朋友是好事，也不會一直把注意力全都放在另一半身上，搞得另一半壓力很大。」

「但你不怕他們假借好朋友的名義搞曖昧？」我問。

「所以說這樣的人選一定要是從小一起長大的青梅竹馬，認識十幾年，雙方已經太熟悉到擦不出火花，那種人當然夠了解妳，也夠會爲妳著想，要談戀愛你們早就談了，不會等到各自有男女朋友以後才生事。」

「我和他，就是這樣的關係嗎？」我感覺自己似懂非懂。

「也許是，也許不是。」他不負責任的解析方式和簡伊凡有些相似，「其實是或不是，妳自己心裡最清楚啊。」

「我就是不清楚才會問你，不過，現在我好像多少明白一些了。」這種撥雲見日的感覺，讓我感覺輕鬆不少。

「有解決妳的煩惱嗎？」他問我。

「算是有。」我站起來對他微笑，沒想到我身邊除了簡伊凡和皓皓，還能有一個王博宇。

他也笑了，並朝我伸出一隻手，我以爲他要擊掌，所以拍了下他的手，他卻搖搖頭。我不懂他的意思，只愣愣地看著他，他見我反應不過來，竟直接拉起我的手

「你、你幹麼？」我嚇了一跳，迅速抽回手。

我的驚慌失措似乎逗樂了他，他眼帶笑意地問。「覺得緊張？心中小鹿亂撞？」

「什麼呀？」

「這就表示，我比妳的好朋友更有可能成爲妳的戀愛對象。」王博宇說完便轉身回到球場上，留下傻站在原地的我。

事後王博宇才跟我說，當時我的臉紅得像蘋果，讓他很想咬一口。

我不知道王博宇是不是就是我的戀愛對象，但自那次之後，我突然意識到王博宇是個男人，每次坐在他機車後座，看著他的背影，總會令我不自覺微笑。

「那就是戀愛！」最近瘦了一圈的簡伊凡無精打采地說。

「妳怎麼啦？氣色好差。」話說回來，我好一陣子沒看見她了，她老是窩在劉旻文那裡過夜。

「沒什麼。」她擺擺手。

她的憔悴與逞強我都看在眼裡，明白這一次她是踢到鐵板了，沒辦法，投入愛情較多的那一方就輸了。

「今天怎麼這麼難得，妳居然會回來睡？」

「明天總決賽啊，劉旻文今天要練球。」簡伊凡聳肩，嘟著嘴的模樣好可愛。

「妳一天不跟他黏在一起不行嗎？」我斜眼看著被愛沖昏頭的她，「我不懂，劉旻文到底是哪裡吸引妳？」

簡伊凡嘆口氣，「我想，是他憂鬱的眼神吧。」

憂鬱的眼神？妳以爲是梁朝偉嗎？我超想這樣吐槽，但忍了下來。

「妳說的跟做的完全不同，是不是因爲他不像其他男人一樣拜倒在妳石榴裙下，所以他才變得特別？」我忽然沒來由地感到煩躁。

「我有想過這個可能性，也一直以此爲理由來說服自己。但後來我漸漸發現，不是那麼回事，我是眞的喜歡他。」簡伊凡邊說邊摺衣服，「剛開始，我只是想了解他爲什麼總是面無表情，賭上自己的自尊，想讓他的眼睛裡充滿我的笑容，然而不管我多努力，他卻只記掛著前女友的眼淚。」

「不要再理他了，下一個男人會更好。」我握住她的肩膀，想喚回她的理智。

「就算下一個更好的男人出現，但劉旻文才是我最想要的。」簡伊凡露出一個無力的笑容，我知道未來她還會露出好多次這樣的笑容，甚至還會落下淚來，可是我什麼都做不了。

我只能把憤恨發洩在劉旻文身上，依照我的個性，本該要找上門去質問劉旻文，簡伊凡卻警告我不准那麼做，否則她會把我和皓皓接吻的事告訴王博宇。

我不知道爲什麼她會用這件事來威脅我，不過這招奏效了，我確實害怕王博宇得知這件事。

隔天，我和簡伊凡準備好寶特瓶和紅布條，還爲了等她昨天網購的大聲公到貨而差點遲到。

我們趕到體育場時，兩隊人馬剛互相敬完禮，正要開始比賽。

「加油！」簡伊凡大喊，劉旻文一貫面無表情看過來，王博宇則熱情地對我招手。在他炙熱直接的目光下，我感覺自己的臉變燙了，王博宇抬手在臉頰旁邊畫圈，表示我又臉紅了，我立刻遮住雙頰，這個舉動逗得他哈哈大笑。

「讓他好好比賽，要甜蜜等一下再甜蜜啦。」簡伊凡糗我，我竟一時語塞，找不到話反駁。

我的視線緊緊追隨著球場上的王博宇，看著他行雲流水般投進第一球，我和簡伊凡興奮得大聲尖叫。

場邊有許多女生也在爲王博宇加油，就好像以前公主幫的成員在爲皓皓加油一樣。王博宇和那時的皓皓一樣，除了我之外，完全不理睬其他女生，讓我感到既虛榮又驕傲；但有一點不一樣的是，即便不理睬其他女生，皓皓也會對她們露出博愛的微笑，而王博宇卻連微笑也吝嗇給予，目光自始至終只落在我一個人身上。

我的確不斷把他們兩人拿來做比較，無庸置疑，皓皓在我心中的地位自然還是重要得多，可是王博宇的存在卻讓我越來越無法忽視。

王博宇拿著球想投籃，卻被另外兩人前後包抄，劉旻文站在不遠處朝他揮手，王博宇做了個假動作，像是要投籃，在對方跳起攔截時，立刻將球傳給劉旻文，接到球的劉旻文以迅雷不及掩耳的速度衝到籃框下，偏偏敵方有位個子很高的球員就等在那裡。

我和簡伊凡緊張得握緊雙手，這肯定會被蓋火鍋啊！

但劉旻文似乎不打算放棄，他跳起來準備灌籃，高個子一掌揮下，眼看就要把球打掉——劉旻文冷不防將球往後一丟，王博宇敏捷地接過，趁著敵方還來不及反應，高高躍起，成功灌籃。

「啊！」我和簡伊凡同聲尖叫，王博宇他們漂亮取得上半場的勝利。

裁判一宣布休息，王博宇隨即往我跑來，我的心跳猛地加快，看著他一步步往我接近，除了自己如雷的心跳，我再也聽不見其他聲音。

「謝謝妳來幫我加油。」

我恍恍惚惚地聽著他對我說話，不知該回什麼，只一個勁地傻笑，雙手微微顫抖。

「嘿，如果我贏了，妳會考慮我嗎？」他沒頭沒腦地問。

劉旻文也走過來，簡伊凡馬上拿出毛巾和水遞給他，劉旻文面無表情又理所當然地接受了簡伊凡的體貼。

「你好棒！你眞的好棒！眞的好厲害啊！」簡伊凡激動地不斷重複著對劉旻文的讚美。

「別那麼大聲，很丟臉。」劉旻文黝黑的臉上居然透出難得的紅暈。

「加油！我會一直幫你加油的。」簡伊凡才不管劉旻文說什麼，繼續激動地揮舞雙手。

忽然，劉旻文笑了，儘管笑容停駐在他臉上的時間很短暫，但那的確是個發自內心的笑容。他輕輕拉下簡伊凡高舉的手，把礦泉水放回她的掌心，這是我第一次親眼目睹劉旻文給予簡伊凡的溫柔。

尖銳的哨音響起，劉旻文轉身回到場上，簡伊凡又高喊了聲加油，劉旻文回過頭，這一次他沒有笑，只長久注視著簡伊凡盛放的笑容。

「我也要回去了，我一定會贏。」王博宇笑嘻嘻地拍拍我的頭。

我還來不及問簡伊凡，剛剛王博宇話中的意思是不是我想的那樣，簡伊凡的眼淚已經先落了下來。

「他對我笑了。」哭哭啼啼的簡伊凡，爲男人流淚的簡伊凡。

一直以來，簡伊凡在我心中都是那麼聰明獨立，我討厭她變成爲愛義無反顧、理智全無的小女人，但此刻，我卻由衷爲她感到高興，簡伊凡的熱情，終有一日能化開劉旻文內心的冰山。

球場上的王博宇不時分神看向一臉暈呼呼的我，然後暗自竊笑，像是很高興自己那番話對我造成了顯著的影響。

在他成功長射三分球後，我激動得跳起來拍手，他再次回頭看我，臉上的笑容不再隱含玩笑意味，而是帶著略微的羞澀，耳根也泛上一抹可疑的紅色。

噢，他也臉紅了。

我好像吃了甜死人不償命的糖果，甜得在心中無法化開，我的眼睛始終離不開王博宇，再也離不開。

第九章

大二下學期，簡伊凡和劉旻文似乎進展得不錯，雖然我還是挺不爽劉旻文讓簡伊凡這麼難過，但當事人都心甘情願了，我這個局外人能說什麼。

自從王博宇那天在球場上拿下個人最高分後，我一直反覆想著他到底要我考慮他什麼，是考慮他成爲我的男朋友嗎？

但他後來就對此絕口不提，我也不好主動詢問，就這樣拖拖拉拉，直到都快要放暑假了，他還是什麼動作都沒有，依然只拉著我去看籃球、吃炒飯。

我心中七上八下，焦急難耐，我討厭這種不把話說清楚的情況，也不喜歡一顆心懸在空中。我打了通電話給皓皓，自從他交了女朋友之後，果不其然將我拋在一旁，很少再主動聯繫我。

「可帆，有事嗎？」小宥一定是在皓皓旁邊，他才會這樣跟我說話。

「什麼時候我打給你還要有事才行？就是想聊聊不行嗎？」我刁鑽地問。

「當然不是……可是我現在有點不方便。」

不方便？我簡直快氣到說不出話來了。

「我和小宥正要去看電影，所以……」不等他說完，我忿忿地切斷通話。

我趴在床上悶悶不樂地想著，只是想找個人聊聊，有這麼難嗎？

有些人儘管朋友很多，卻不見得能有知心好友，我很幸運能擁有三個知己，偏偏這三個人此刻都派不上用場！

當我在爲王博宇的事而煩惱時，簡伊凡要陪男友，皓皓要陪女友，沒有人可以陪我。我氣簡伊凡，但我更氣皓皓，我們從五歲相識至今都多少年了，他卻爲了一個認識沒多久的女生棄我於不顧。

若是以前的皓皓，一定二話不說直接過來找我，現在就連我掛了他電話，他都不會再打回來。

手機鈴聲忽然響起，我本來以爲是皓皓，沒想到卻是王博宇。

「喂！」因爲還在生氣，我說話的口氣猶帶怒意。

「在生氣？」王博宇試探地問。聽到他的聲音，我的心情登時好了一半，立刻將剛剛所遭受的不公平對待轉述給他聽，王博宇聽完輕笑出聲。

「你覺得是我的錯嗎？」

「他是爲了避嫌啊，就像之前妳說的，沒有人可以容忍另一半有要好的異性朋友。」

「但你說你可以接受。」

「也許我比較特別，妳那個朋友如果眞把妳放在第一位，那才要擔心呢。」

是啊，畢竟我和皓皓都長大了，再像過去那樣親密無間地玩在一起，看在外人眼裡也不合適，況且我不就是因爲長久以來都被誤會是他的女朋友，才決定選讀位於南部的大學嗎？

果然人就是這樣，唾手可得的東西不稀奇，一旦失去才知道珍惜。

「所以妳心情好些沒？」王博宇輕柔的嗓音貼著我耳邊響起。

「有啦。」

「那……妳要不要下來樓下，我帶妳去吃點宵夜？」

樓下？我連忙拉開窗戶，果然看見王博宇坐在機車上對我招手，我趕緊拿了件外套就往樓下奔去。

「妳動作好快！」王博宇看著我披頭散髮的模樣，忍不住噗哧一笑，替我把頰邊散亂的髮絲撥至耳後。

「你爲什麼、爲什麼會出現在我家樓下……卻不一開始就告訴我？」我喘著氣問，還讓我在電話裡抱怨了一長串。

「妳剛剛在生氣啊，總是要等妳氣消了，才能帶著笑容來跟我見面呀。」他居然還對我眨眼，眞是敗給他了。

接過他手中的安全帽戴上，我跨上機車後座，問他要帶我去哪裡。

「這麼晚了，不會還有炒飯可以吃吧？」

「哈哈，妳這麼愛吃炒飯嗎？」

「還不是因爲你愛吃！」我打了一下他的肩膀，他依然笑嘻嘻的。

他好像沒有不笑的時候，每次看著他，我心情就會變好。我愉快地哼著歌，那些因皓皓而起的心浮氣躁頓時煙消雲散。

王博宇不告訴我要去哪裡，逕自往偏僻的山區騎去，我想起恐怖電影裡的情節，揪著王博宇外套的手指不由得捏緊了些。

隱約聽見他像是在低聲竊笑，我覺得自己被看成弱女子了，不過自從國中碰上變態那次以後，我就知道自己其實只是比一般女生還要堅強一點的弱女子了。

小時候我努力讓自己變強，是爲了想保護皓皓，但現在他不僅不再需要我的保護，反而還轉去保護小宥，所以我的堅強已經沒有意義。

想到這裡，怎麼有種悵然若失的感覺揮之不去？

算了，別再深究了。

通往山上的道路沒有路燈，只有機車的車頭燈得以照明，四周一片安靜，機車的引擎聲彷彿怪獸發出的怒吼。

「這裡好暗，我們要去哪裡啊？」我按捺不住心中的不安，又問了一次，但王博宇神祕兮兮的，依然不肯告訴我。

我盡量不去瞄向陰暗的樹林，就怕看見什麼不該看的，雙眼死盯著車頭燈所照亮的道路，逼自己想些其他不相干的事。

「到了。」

待機車停下熄火，我才回過神來，看見一間亮著暈黃燈光的咖啡廳，這間咖啡廳裝潢低調，連店名都取得很詭異。

「放空咖啡廳？」招牌也很不起眼，又位處山區，肯定只有熟客才會造訪吧。

「走吧。」王博宇推門而入。

店裡所有的家具桌椅清一色全是木頭製成，牆邊立著一個小型櫥櫃，裡頭擺放著各式復古裝飾品。

咖啡廳裡的客人不多，王博宇熟門熟路地領著我去到角落的桌位坐下，我不由得吃味地想著，他是怎麼知道這個地方的。

「簡伊凡帶劉旻文來過，然後劉旻文跟我說的。」正低頭看菜單的他，竟一語道破我心中所想。

爲了掩飾尷尬，我只好訕訕地拿起水杯假裝喝水，聽見他低低的笑聲傳來。

這間咖啡廳居然有提供炒飯，我們興致勃勃點了一盤共享，誰知店家番茄醬給得很小氣，而且炒飯也不好吃，我和王博宇推來推去，最後由猜拳猜輸的那方負責吃完，幸好咖啡倒是挺好喝的。

「爲什麼特地帶我來這裡？」

王博宇神祕一笑，站起來向我伸出掌心，我狐疑地將自己的手疊放上去，這個反應竟讓王博宇微微愣住，我意識到不對，想抽回手，他卻滿意地勾起唇角，飛快扣緊了我的手，與我十指交握。瞬間我腦袋一懵，呼吸變得有些困難，我深深吸入一口氣，卻還是覺得暈暈然。

「這裡最出名的當然不是那難吃得要死的炒飯，而是別的。」王博宇沒發現到我的異樣，拉著我走出店門。

我這才注意到外面設有戶外用餐區，雖然正值夏季，山裡的夜晚仍略有涼意。不少人倚在木造欄杆邊輕聲交談，看得出大都是一對對年輕的情侶，王博宇拉著我找到一處空位站定。

俯視下方是一片美麗的夜景，成片閃爍的燈海儘管不若台北那般壯觀，但也足以令人目不轉睛。

「比起台北五光十色的夜景，我更喜歡這裡。」王博宇壓低聲音說，握著我的手沒有放開。

「真的……好漂亮。」我被眼前的景象所觸動。

「下面還有螢火蟲。」他指了指下方，我略略彎腰想看得更清楚些，見我這副姿態，他又笑了起來，引得我側頭望去。好奇怪，即便燈光昏暗，我依然能清楚看見他彎如新月的雙眼。

「我們這樣是不是不單純？」我一時沒多想便脫口而出，注意到他目光微微一凝，連忙又補上一句，「啊、啊，當我沒說！」

我的天啊，我在幹什麼？我剛剛說了些什麼！

陷入自我嫌惡的我低垂著頭，不敢再看他，只想找個地洞鑽進去，或是乾脆從山上跳下去。

「不單純嗎？」王博宇出聲，引得我斜覷過去，只見他眼睛注視著遠處的點點燈火，反問我：「妳覺得呢？」

「怎麼又把問題丟回來給我？」我咕噥道，真是太奸詐了。

王博宇嘴角微微勾起，玩著我的手指。

「當妳覺得我們之間不單純的時候，才是真正不單純的開始。」他不正面回答，只是再也沒鬆開我的手，而我也找不到時機甩開，又或者該說，我其實也不想甩開。

這一刻，我忽然分辨出他和皓皓有何不同，果然，我和皓皓之間就是少了份緊張感。

從那一天起，就算沒有說破，我也明白王博宇之於我而言，已然從好朋友轉變成另一種身分，卻一直找不到時機和我另外兩位好朋友提起這件事。

日子很快過去，就這樣迎來了暑假，我也回到了台北。

我抱著親親布偶坐在書桌前，光是想起王博宇，就會讓我莫名想尖叫或是在床上滾來滾去。

「妳在幹麼啊？」好一陣子沒見面的皓皓站在房門口，嘴角噙著笑意，正打趣地看著我。

「幹麼來找我？女朋友不會吃醋嗎？」我故意酸他。

皓皓聳聳肩，來到我床邊坐下。

「妳就別生氣了。」他用手指蹭了蹭我懷中的親親布偶，而另一隻手握著的手機上，也依然掛著那個親親小吊飾。

基於這一點，我原諒他了，「好吧！」

「這麼乾脆？」皓皓一臉不可思議。

「我也是會長大的，不需要每次都要你哄上老半天。」

「喔？是嗎？」皓皓雙手環胸，拔高音調，「那原本打算請妳看電影加吃飯賠罪，這些就都省下來嘍？」

「等等！那些還是要！」我拉住他的手臂，皓皓露出勝利的表情。

在某些方面，我還是沒變。

那天最後選擇看的是哪部電影，我一直記得很清楚，不是因爲電影內容有多精彩，而是當時發生的插曲讓我無法忘懷。

那段回憶太討人厭，請容許我跳過吧。

「不行啦！怎麼能跳過？」杜小娟爲我佩戴頭紗的手停下，向我抗議。

「實在是不堪回首。」我輕咬著下唇。

「都說到這裡了，就乾脆說個清楚吧。」

杜小娟也算是個很好的聽眾了，於是我只得嘆了口氣，將這段我亟欲抹去的往事老實道來。

原本我是打算趁著看電影之前，順道告訴皓皓有關王博宇的事，但我們爲了要看哪一部片爭執太久，好不容易做下決定、匆忙買票後，我就完全忘了。

「等一下，我要上廁所！」我將包包往皓皓身上一丟，急忙要衝往女廁，才轉過身就迎面撞上一個女生。

我和那個女生雙雙跌倒在地，皓皓趕緊扶我站起，嘴裡不忘糗我：「可可妳是白痴嗎？」

他翅膀硬很久了，我也懶得糾正他話裡的不敬。

然而世界上就是有那麼巧的事，當我撞上的那個女生被她朋友扶起時，我們才赫然發現對方竟是小宥。

「皓群？」她似是有些不敢相信自己的眼睛。

「小宥……」皓皓呆呆地望著她。

讓我來形容一下此刻的情景，皓皓背著我的包包，一隻手提著兩杯飲料，另一隻手扶著我的手臂，我幾乎可以看見小宥腦中的思考迴路漸漸導向了這個狗血的結論——直擊劈腿現場。

「可可？」小宥狐疑的目光在我和皓皓身上來回打量。

我本想開口解釋，又覺得這時該由皓皓出面解釋，而不是我，所以最後我只是擠出一個微笑，禮貌地說：「好久不見。」

小宥沒有對我表現出多大的敵意，倒是她的朋友好像認定我是小三，一直猛瞪著我，要是眼神會殺人，只怕我早已沒了呼吸。

「你們來看電影？」小宥問，我反射性地點頭，小宥卻看著皓皓又問：「你不是說今天要寫報告？」

啊？皓皓爲什麼要說謊？

注意到我驚訝的表情，小宥微微一笑：「看來可可也不知道呢。」

我錯了，小宥不是沒有敵意，而是笑面虎啊！她現在的神態與初次見面那時的模樣簡直天差地遠，嘖，看來這就是成爲正宮以後的魄力。

皓皓像是完全傻住了，不但沒能回話，也沒鬆開我的手臂，面前那兩個夜叉始終緊盯著他的手看。

「他本來是在寫報告，是我慮他出來看電影的。」我輕輕甩開他的手，先發制人。

皓皓朝我投來感激的目光，這讓我有種時空錯置的感覺，彷彿又回到了小時候，我總是會擋在皓皓身前幫他解決困難。

「是這樣喔……」小宥瞇起眼睛，看得出她並不相信我的說詞，不過她卻露出甜膩的笑容，挽著皓皓的手臂對他說：「那我們去看電影吧。」

「是啊，讓他們情侶去約會，妳就跟我一起看吧。」小宥的朋友不由分說便走到我旁邊。

皓皓無助地看著我，我勉強扯動嘴角，點頭應下。也只能如此了，不過這樣一來，王皓群欠我欠得可大了！

儘管我對於看了哪部電影印象深刻，卻對電影情節全無印象，發生了這種事，誰還有心情看電影啊？而且跟我一起看電影的還是一個我根本不認識的女人。我火大極了，但爲了不讓皓皓難堪，只能抑制心中的怒火，故作若無其事地看完了整場電影，並且在小宥忠心的朋友監督下，獨自搭上捷運返家。

我氣沖沖地雙手環胸，坐在房裡的灰色鯨魚座椅上，等著皓皓過來負荊請罪。直到晚上十一點，皓皓依然不見人影，我失去耐性，索性拿起換洗衣物走進浴室洗澡，洗到一半才聽見電鈴聲響起，媽媽走過去開門，對來人說：「皓皓？怎麼過來了？你爸最近還好吧？」

「阿姨，謝謝妳的關心，爸爸很有精神，還會偷喝酒呢。」皓皓的聲音聽起來有些倦乏無力，想必小宥剛剛也沒讓他好過。

「可帆在洗澡，你去她房間等她吧。」自從知道皓皓交了女朋友後，媽媽不再介意他和我在房間獨處，只是偶爾會提醒我，皓皓有女朋友，要我別當小三。

拜託！爲什麼就不能有感情很好的異性朋友？爲什麼大家都要想歪？

我故意慢條斯理地細細擦洗過每一寸肌膚，還做了全身去角質，並待在浴室敷完臉才拖拖拉拉地走出來，客廳裡的燈已然熄滅，皓皓說不定早就走了。

回到房裡，意外發現皓皓竟坐在床邊倚著床頭睡著了，我原本想一腳踢醒他，卻在瞥見他安詳的睡容時改變了心意。我好久沒仔細看過他了，心中突然生出許多感傷，好像隨著長大，我們能擁有彼此的時間越來越少。

我伸手過去輕輕撥開皓皓長年蓋住左眉的劉海，他陡然睜開眼睛，用力揮開我的手：「妳洗好了？」

他看上去有點緊張，我很不滿他揮開我的舉動。

「累就回去睡啊！」我沒好氣地說。

他搔了搔頭，「今天的事我很抱歉，沒想到會遇見小宥。」

「你幹麼對她說謊？直接說要跟我去看電影不就好了？」我就有直接跟王博宇說，他也爽快答應。

「她、她不喜歡我跟女生單獨出去。」

「是我欸！我又不是一般女生，我們兩個是認識這麼久的青梅竹馬欸！」我把浴巾甩到灰色鯨魚座椅上，剛洗完的頭髮還滴著水。

「就因爲是妳，她才更在意。」

皓皓的手機和我的手機並排放在桌上，他指向那兩個一模一樣的手機吊飾，那對親親吊飾。

「和妳初次在居酒屋見面時，她就發現了，只是沒說破，交往後她才跟我說，她很怕妳跟我之間有些什麼。」

我大翻白眼，眞想把王博宇那套理論傳授給小宥，「就是因爲你不事先跟她說清楚，事後被發現才會更顯疑點重重，任何事情只要事先說清楚，就有解釋的餘地，你不懂嗎？」

皓皓垂下眼睛，看起來很受傷，見他這樣我更是生氣，「你知道我今天多尷尬嗎？那個女生始終跟在我身邊監視我，我還憋著氣跟她看了一場電影。她不愧是小宥的好朋友，一直在我耳朵旁邊嘮叨你們有多相配，好像我眞的跟你有什麼！」

「可可……」

「不要叫我可可，你女朋友可不喜歡你這樣叫我。」我蠻橫地將他推出房間，我很氣我們之間的友誼被別人如此污衊，而皓皓居然沒能想辦法維護。

關上房門，不理會皓皓在門外的輕喚，我只覺得嘴角鹹鹹的，抬手一摸，發現那是眼淚。

我爲這十五年的友誼感到傷心，多年情誼竟比不過他那個交往沒多久的女朋友。即將升上大三的暑假，我第一次跟皓皓絕交。

「什麼時候要介紹妳的青梅竹馬給我認識？」王博宇一邊玩著我的手指一邊問，他說這叫按摩。

「已經絕交了！」我說。

「都開學了，妳還沒跟他和好啊？」

我之前就把暑假那件事一五一十告訴了王博宇，他沒有多做評論，只是露出一貫的微笑，提醒我要懂得適時避嫌。

爲什麼小宥就不能跟王博宇一樣，對另一半放心到這種程度，信任才是經營愛情的不二法門。

「別提那個傢伙。喂，下禮拜是白色情人節，你是不是該回送我什麼？」我趴在他的肩膀上說。

他眼珠一轉，又笑了：「我一定會送妳禮物，妳就好好期待吧，不過當天籃球社有比賽，所以不能陪妳。」

「比完再過來啊。」

「還會有慶功宴，依照慣例，應該會鬧到深夜吧。」他摸摸我的頭，「而且劉旻文也跟我們一起，妳和簡伊凡兩個人剛好作伴。」

我委屈地癟嘴，第一個有男朋友的白色情人節卻沒有男朋友陪伴，這也太讓人難過了吧！

王博宇抬手輕輕揉著我的雙頰，意思是不要我癟嘴，我不依地躲開，就是不想讓他得逞，結果他竟整張臉湊了過來，「妳這樣癟嘴，我怎麼親妳啊？」

我嚇得想開口說些什麼，他卻趁機將唇覆在我的唇上，他的吻濕濕暖暖的，跟他的人一樣溫柔。

我睜著眼睛，王博宇也睜著眼，那雙愛笑的眼睛裡倒映著我的身影，而我的眼睛裡也同樣滿滿都是他。

待他的唇離開後，我才猛然想起要呼吸，狼狽地喘了一口大氣，王博宇哈哈大笑，連忙拍拍我的背。

「妳要快點習慣，不然每次接吻都這樣，我怎麼敢吻妳呢？」王博宇泰然自若地說出這種令人害臊的話。

我漲紅著臉，因爲呼吸困難而眼眶濕潤，他看了看我，笑著說：「妳的初吻是我的了。」

我一愣，脫口而出：「這不是我的初吻。」

王博宇斂去笑意，露出疑惑的表情。

儘管有點難以啓齒，但我覺得自己必須誠實，「我五歲時，親過那個青梅竹馬。」

王博宇瞇著眼睛看我，不發一語。

「因爲兔子、我親了兔子……」講述完當時的事發經過後，我低垂下頭，就怕王博宇要提分手，但如果眞是這樣也沒辦法，我確實該誠實告訴他這件事。

他伸手捏著我的下巴，迫使我抬起頭來，讓我再次見到他笑彎的眼睛。

「傻瓜，你們那時才五歲，怎麼能算數呢？這才是妳的初吻。」然後他的吻又落了下來。

我閉上眼睛，知道自己省略了很重要的部分沒說，的確，我和皓皓五歲時的那個吻，還能以孩童不解世事帶過，但是高中那一次呢？我爲什麼不提那個吻？

因爲我和皓皓之所以接吻，只是想確認彼此之間是否存在著愛情，加上現在皓皓有女友，而我也有男友了。

我用這些理由來說服自己，但如果眞的那麼心安理得，爲什麼我迴避不提？

王博宇緊緊擁住我，讓我跟他貼得更近。

我頓時下定決心，將那個吻深藏在心底。

儘管我剛剛還信誓旦旦地說，信任是經營愛情的不二法門，我卻立刻違背了王博宇的信任。

原來，對情人說出的第一個謊言，竟是如此沉重。

對於我和王博宇展開交往，簡伊凡並沒有多大的反應，只說王博宇是好男人。

我不免糗她，「當初不知道是誰說我會和皓皓在一起，人家現在不但交了女朋友，還把女朋友放在我前面。」

還爲此絕交了呢。

「又還沒到最後，等妳結婚那一天才能斷定。」她嘴硬地辯駁。

「妳也說了要讓劉旻文愛上自己，然後再甩了他，但現在情況好像反過來了？」我繼續開嘲諷。

「呸呸呸！他才不會甩了我！」簡伊凡怪叫。

「妳快點承認妳錯了！」我冷不防從她背後撲過去，伸臂勾著她的脖子威脅她。

「好好好！我錯了、我錯了！」她求饒，自從談了戀愛以後，她的戰鬥力大大減弱。

話說回來，皓皓還沒見過簡伊凡這般窩囊樣，也許改天跟他和好後，要找個機會讓他瞧瞧。

不過在皓皓主動向我求饒之前，我是不會輕易跟他聯絡的。

我滿意地鬆開簡伊凡的脖子，她不情不願地揉揉被我勒疼的脖子，同時透過虛掩的門縫，眼尖地發現王博宇留在我書桌上的課本，她馬上跳起來質問我：「齁！不是說好我們的小天地不能讓男人進來嗎？妳居然帶王博宇回來！」

我漲紅了臉，支支吾吾地說：「妳還不是有帶劉旻文回來！」

我們兩個半斤八兩，誰也沒立場說誰，只好廢除這條形同虛設的住宿公約。

「也許我確實錯看了妳和王皓群，但有一點我絕對能肯定。」簡伊凡低頭收拾行李，準備前往劉旻文的住處過夜。

「什麼？」我則是著手整理客廳，晚上王博宇會過來。

「我有兩個國中同學，跟妳和王皓群一樣，是關係很親密的好朋友，他們兩個最後一定會在一起。」簡伊凡語氣異常肯定，充滿自信。

王博宇早就跟我報備過白色情人節當天他不能陪我，我以為自己很灑脫，可以做到無所謂，然而在聽聞劉旻文居然放棄籃球社的慶功宴，選擇陪伴簡伊凡度過情人節後，我難免感到吃味。

「劉旻文都去陪簡伊凡了！」

「我知道，但我是社長，不能缺席啊。」王博宇電話那頭的喧鬧，和我獨處於套房裡的寂靜，形成強烈對比。

「我不管啦，今天是情人節！」我的公主脾氣果然還是在交往後暴露了出來。

王博宇耐心地哄我：「妳乖，我一結束馬上去找妳好嗎？」

我要先澄清一下，我會這樣還有另一個原因，今天碰巧生理期來報到，我肚子很痛，我只是希望在我身體不舒服的時候，王博宇能陪在我身邊。

但我沒把這件事說出來，只是悶不吭聲，任憑王博宇繼續哄我，直到別人過來叫他，我才悶悶不樂地掛斷電話，趴在床上默默流淚。

一旦身體不舒服，人就會變得格外脆弱。又一次在我最需要陪伴的時候，卻沒有誰能陪在我身邊。

腹中像是有一把刀子在亂攪，我躺在床上痛得昏昏沉沉，下意識拿起放在床頭的手機，撥出那組最熟悉的號碼。

「可帆？」皓皓帶著幾分不確定的聲音在手機那端響起。

聽到他這麼叫我，我立刻就知道，小宥此刻一定就在他身旁。

「我肚子很痛！」我怒吼。

「妳怎麼了？」他緊張地問。

「我月經來！肚子很痛，你過來陪我！」

「可是我現在……」

「你怎樣？又不方便？」

他悄聲解釋：「今天是小宥生日，我們正在吃飯……」

「王皓群，我要許願，你還欠我兩個願望，我希望你現在、立刻、馬上過來找我！」

這段話我幾乎是帶著哭腔說完的。

話一說完，我隨即掛斷電話，繼續窩在被子裡流淚。

以前我從來沒有生理痛過，根本不知道該怎麼緩解疼痛，家裡也沒有止痛藥，我又痛到沒辦法出去買，這種時候，我的確脆弱得令人討厭。

我帶著疼痛入睡，墜入了一場夢境裡。

五歲的皓皓臉上掛著鼻涕，正用那軟綿綿的聲音喊我「可可」，說他要永遠跟我在一起；他邁著兩條小短腿向我跑來，我卻迅速後退好幾步，因爲我知道這傢伙長大後將如何背棄我。

然而這時卻出現了另一個五歲的我，主動跑過去抱住皓皓，並柔聲安慰他。

五歲的我和五歲的皓皓手牽著手走遠，我站在原地無法動彈，看著他們慢慢遠去的身影，突然之間，我竟開始不斷往下墜，掉入了一片水域，有什麼東西卡在我喉嚨裡，怎麼吐也吐不出，我瘋狂掙扎、吶喊，漸漸覺得難以呼吸。

一雙手倏地拉住我，彷彿是救命繩索，我拚命死巴著對方，待浮出水面之後，我抹去臉上的水，急著想看清楚拉我一把的人是誰。

可是我卻看不清楚對方的臉，只看見一雙宛如新月的愛笑眼睛，寵溺地看著我。

叮咚叮咚——

急促的門鈴聲將我驚醒，我看了下手機，時間已屆凌晨一點，我腦中頓時閃過許多可怕的猜想，正想打電話向王博宇求救，手機卻登時鈴聲大作，嚇得我差點將手機摔在地上。

勉強穩住心神定睛一看，原來是皓皓打來的。

「可可，開門。」他在電話裡說。

「開什麼門？」我莫名其妙地答道，門鈴再次響起。

「妳家大門。」

我懷疑地走向玄關，解開內鎖，握住門把推開，只見皓皓一臉無奈地站在門外。

「你怎麼會過來？」我十分訝異，以為自己猶在夢中。

「不是妳叫我過來的嗎？」他好笑地拿過我依然放在耳邊的手機，替我掛斷電話，逕自脫下鞋子走進屋裡。

「你怎麼知道我住在哪裡？」我還是覺得很不可思議。

他將幾個提袋放到客廳的桌上，朝我挑了挑眉，我才想起之前告訴過他地址。

「我幫妳買了止痛藥和巧克力，另外也帶了妳愛吃的布丁。」他繞著客廳轉了一圈，

「杯子和熱水在哪？」

我愣愣地分別指了指房間和門外的走廊，他先去到我房間拿起我放在桌上的馬克杯，

接著打開門朝走廊盡頭的飲水機走去。

這是在做夢嗎？爲什麼皓皓會在這裡？

我的確有叫他過來，但我沒想到他眞的會過來，從台北到這裡少說也要四小時，喔不，如果是搭火車再轉乘計程車過來，就只要一個多小時，只是那該花上多少錢啊？

「妳怎麼還站在這裡？快去坐著，不是肚子痛嗎？」皓皓爲我沖泡了一杯熱可可，扶著我來到沙發坐下，「妳先把這杯熱可可喝完，等等再吃止痛藥。」

「小宥呢？」

皓皓沒有回答，只是盯著我將熱可可喝完，再拿起馬克杯走出去倒水。

待他再次裝完熱水回來，我又問了一遍：「小宥呢？」

「在台北啊。」他明知道我問的不是這個。他將馬克杯塞進我的手裡，逕自往廁所的方向走去，見他始終迴避不答，我內心的不安越來越濃。

「喏，把這個敷在肚子上會好些。」他把絞過熱水的毛巾遞給我。

「你怎麼知道哪條是我的？」我看著那條粉白條紋相間的毛巾。

「我拿錯了嗎？」

「沒有。」我掀開衣服，把熱毛巾放到肚子上，的確感到舒適許多。「小宥呢？」

這次皓皓聳肩答道：「妳許願了，我答應過一定會幫妳實現願望，所以我過來了。」

逼迫皓皓在女朋友生日當天丟下她，千里迢迢來找我，而且這天還是白色情人節……

怎麼想我都是個十足的爛女人。

「我、我只是……」我很愧疚。

「她氣炸了啊，才會拖了些時間，不然我大概一個小時前就能到了。妳該吃止痛藥了。」他在塑膠袋裡翻找出一盒止痛藥，取出一顆白色藥丸。

「你回去以後，好好跟她解釋，說我很抱歉……」我接過那顆藥丸。

「可可居然會想要道歉？怎麼回事？」皓皓無精打采的臉浮現一抹嘲諷之色。

「那時我肚子太痛，一時昏了頭才會胡言亂語。你怎麼樣都該把女朋友擺在朋友前面，而我怎麼樣都該避嫌。」我都已經大三了，不能再依賴皓皓的陪伴，這個道理我很明白，只是一時無法捨下。

「不用了啦。」皓皓面無表情地聳聳肩，「她已經說了，要是我敢走，她就跟我分手。」

我睜大眼睛，手中的藥丸掉到地上，皓皓彎腰撿起。

「結果呢？她說的是氣話吧？」

皓皓兩手一攤，「我現在人在這裡，所以……夠明顯了。」

這是第一次，我爲自己的大小姐脾氣感到後悔莫及。

我忍不住大哭，我活該痛死算了，而該哭的皓皓卻坐在我身邊輕拍我的背，一如以往那樣耐心哄著我。

「妳別哭了啦，妳哭什麼，眞的有這麼痛嗎？」皓皓將我摟進懷裡，輕聲哼起了〈魯冰花〉。

「今天晚上又是滿月喔。」他在我耳畔說。

淚流滿面的我緩緩抬起頭，任由他拉著我來到窗邊。

「妳看。」他用拇指抹去我眼角的淚，

透過模糊的淚眼望出去，月色彷彿在夜空中暈了開來。

「我們跟滿月眞有緣。」皓皓輕笑，其實他比我更難過，卻還記著要哄我。

我害他分手，還要他照顧我，相較之下，我到底爲皓皓做過什麼？就因爲一起長大的情分，他就該讓我對他予取予求？就該包容我所有的缺點？

我重重打了他一下，他愣愣地看著我，「爲什麼打我？」

「你可以對我生氣，可以罵我，也可以像這樣打我，你根本不需要過來找我，爲了我這麼一個任性的朋友，讓你和喜歡的人分開値得嗎？」我幾近歇斯底里地大吼，拳頭像雨點般打在他身上，而皓皓既沒有掙扎，也沒有反抗，任憑我發洩。

也不知道過了多久，我終於累得停手，喘著大氣看著他，眼淚依然不斷滑落。

「我必須實現妳的願望，我們才能永遠在一起，不是嗎？」他柔聲說。

「那只是我小時候隨口說說的，我們本來就會永遠在一起啊！」

「可是，妳離我越來越遠了。」

站在月光下的皓皓，認眞的雙眼流露出一絲哀傷。

過去我始終認爲，皓皓是讓我們之間拉開距離的始作俑者，是他先交了女朋友又不理會我，卻從未想過，是不是因爲我表現出來的態度，讓他認爲我不想與他聯絡，所以他才停止將我擺放在第一位？

只是，在那樣的月色下，在他那樣的目光下，我什麼也說不出口。

第十章

門鈴響了，我倏地睜開眼睛。

時間是凌晨五點半，我睡在床上，皓皓睡在地板上。

其實我考慮過叫他一起到床上睡，反正我們又不是沒在同一張床上睡過，但我還沒那麼沒神經，畢竟我們都已經是二十幾歲的成年人了，再睡在同一張床上，然後說彼此只是好朋友，這種話連我自己都不會信。

皓皓睡得很沉，我不想驚醒他，大概是簡伊凡跟劉旻文又怎麼了，然後哭著跑回來，偏偏還忘了帶鑰匙。

輕手輕腳走到玄關，我毫不猶豫地拉開門，卻看見王博宇站在外頭。

「我特地提早結束慶功宴，立刻趕過來找妳。」王博宇滿臉歉意。

「你真的提早結束慶功宴？」我瞪大眼睛，感動得上前緊緊抱住他。

王博宇親吻我的額頭，「妳的臉色也太蒼白……」

他突然止住話，我察覺有異，順著他的目光低頭看去，玄關處擺著那雙皓皓脫下來的球鞋。

「劉旻文過來了嗎？」他問。

我正要解釋，皓皓卻揉著眼睛從我房裡出來。

「可可，妳在幹……」在看見王博宇時，皓皓倏地一愣。

兩個男人先是相互打量對方，接著同時將視線落在我身上。

「這、這……你先進來吧。」我拉著王博宇去到沙發坐下，並牽著他的手始終沒有放開。

皓皓面色古怪，腦中似乎正浮現各種臆測與猜想。

自從與皓皓陷入冷戰後，我一直找不到合適的時機向他提起王博宇，也難怪他會一臉莫名了。

皓皓跟著在客廳另一張椅子坐下，忽然說：「啊，你是可可手機照片裡的那個人！」就只看過那麼一眼，皓皓居然記住了王博宇的長相。

「那你應該就是可帆的那位青梅竹馬嘍。」王博宇笑了。

「讓我幫兩位介紹一下，這位是王皓群，我的青梅竹馬；這位是王博宇，我男朋友。」沒想到會以這種方式介紹他們認識。

「你好。」皓皓向王博宇點頭致意，露出親切的微笑。

旁觀兩人的互動，我忍不住想，為什麼王博宇就可以和皓皓和平共處，氣氛和樂融融，而小宥卻沒有辦法做到呢？

「妳眞那麼想？」杜小娟滿臉不可思議，她把各式化妝用品先收到一邊，空出地方好準備待會吃晚餐。

「在那個時候，我確實是那麼想的，我沒去深入探究他們心中的暗潮洶湧。」我低頭端詳手上的鑽戒。

不管發生過什麼事，今天我要結婚了。

「那我有個問題，妳什麼時候發現自己喜歡皓皓的？」

「妳覺得我喜歡他嗎？」我很訝異。

「聽下來是這樣沒錯，不然妳爲何要向我說起妳和皓皓自五歲相識以來的經過？」杜小娟咬著筷子問。

「因爲妳說我們感情好，所以我才……」我囁嚅道。

「我只是有些不懂，聽起來你們明明彼此相愛，但爲什麼……」

忽然又是一陣敲門聲大作，打斷杜小娟的問話。

杜小娟正要過去開門，一聽清楚在門外大聲嚷嚷的那人是簡伊凡，她急忙又躲回衣架後方，並熟門熟路地拉過其他件禮服掩住自己的身形。

我笑了笑，只得自行走過去開門。

「怎麼都沒看到妳的新娘祕書？」簡伊凡東張西望。

我瞥了眼站在她身後的劉旻文，還不是因爲他。

「對了，我跟妳說，我剛剛看見王博宇了，他今天好帥喔！」簡伊凡邊說邊笑，而我卻盯著劉旻文看。

「有什麼我需要幫忙的嗎？」身爲伴娘的簡伊凡終於想起自己的職責，但見我幾乎已經全都準備好了，她也只能聳聳肩，開玩笑地說：「妳下一次結婚我一定會好好盡到伴娘的職責！」

「什麼下一次啊！烏鴉嘴！」我打了她的屁股一記，她哇哇大叫，連忙躲到劉旻文背後。

「簡伊凡，妳過來一下！」

皓皓在外頭大喊，簡伊凡嘖了一聲，走過來給了我一個大大的擁抱。

「王皓群一個人什麼事都處理不好，我過去找他。」她定定凝視著我，「親愛的，妳今天眞的好美。」

「妳也是，只差我一點。」我笑著打趣，我以爲她聽到我這麼說，至少會給我一拳，然而她什麼也沒做，甚至沒回嘴。

簡伊凡眼中含著一層薄薄的淚光，「妳幸福嗎？」

這麼感性的對話很難得會出現在我和簡伊凡之間，所以要好好珍惜，我再一次緊抱簡伊凡，「我很幸福。」

「所謂的婚姻，就該找一個妳愛他一百分，而他愛妳一百二十分的人結婚。」

「我知道。」我看了劉旻文一眼。關於這點，簡伊凡一定做不到，因爲她愛劉旻文，比劉旻文愛她更多。

「好啦，那我先出去。旻文，你留在這裡，看看可帆有沒有什麼地方需要幫忙。」她笑著拍拍劉旻文的手臂。

「我沒有……」

簡伊凡不等我把話說完，便快步走出去，還順手關上門。

不要把劉旻文一個人留在這裡啦！他一定知道我很討厭他，這實在太尷尬了。

而且劉旻文始終都沒出聲，就算再不熟，好歹也該跟我說句「恭喜」或「妳今天好漂亮」之類的客套話吧。

我正在發愁該怎麼辦時，劉旻文緩緩走近我，我警戒地看著他。

「我知道妳討厭我。」劉旻文輕聲開口。

「哪有！」我有些心虛。

他冷笑了下，「沒關係，我明白妳是爲伊凡好。」

我眯眼瞅著他。

「以前我喜歡的女人也是這樣，心裡有別人，卻還是讓我待在她身邊，當時我無法理解她是怎麼想的，而今我卻做出一樣的事。」他自嘲地聳聳肩，而我注意到掛在衣架上的禮服微微一動。

「你自己也知道。」我哼了聲。

劉旻文唇角微微勾起，「不管怎樣，對我而言，現在最重要的人是伊凡。」

「我怎麼知道你說的是不是眞的？明明心裡有人，卻還跟另一個人在一起，簡直就是踐踏對方的眞心！要是哪天你前女友回來找你呢？你是不是就會丟下伊凡？」一股無名火從我心中升起，劉旻文是存心來吵架的啊。

劉旻文向來面無表情的臉上，突然泛起明顯的笑意，讓我更火大了。

「難道妳心中就沒有別人嗎？」

「我沒有！」

他收起笑容，意有所指地望著我，「我們是一樣的。」

才不一樣！

我努力過了，也用各種方法試驗過了，所以才會點頭答應結婚。

才二十五歲的我就選擇步入婚姻，時常有人懷疑我是不是奉子成婚，而我總是堅定地表示，我是爲了愛情才結婚的。

我心中沒有別人，只有那個即將成爲我老公的男人。

我氣得快哭出來了，明明想爲自己辯白，卻一個字也說不出口。

大概是怕我眞的哭出來，場面不好收拾，劉旻文態度軟化了些，他嘆了口氣：「我不是要找妳吵架，只是想告訴妳，不用操無謂的心，再怎麼難忘，還是會愛上下一個人的，我不會辜負伊凡。」

我幾乎就要相信他說的話了，或許我確實該要相信。這幾年來，劉旻文的變化非常明顯，他對簡伊凡的照顧可說是無微不至，我看得出來，他正慢慢對簡伊凡交付眞心。

「你……我還是不認同你，可是除了你……」

不等我把話說完，劉旻文就點頭了，他懂我那拉不下臉說出口的請託。

準備室的門再次被敲響，簡伊凡打開門說：「時間差不多了！你們在聊什麼？」

劉旻文走過去牽起她的手，「沒事，走吧。」

我撇了撇嘴角，簡伊凡對我眨眨眼，再次稱讚我：「新娘子，妳美呆了！」

待門關上，杜小娟先是小心翼翼地從禮服後方探出一顆頭，確認準備室裡只剩下我和她後，才從禮服堆裡爬出來。

「杜小娟，劉旻文的前女友現在過得怎麼樣？」我問。

「她過得很幸福。」杜小娟笑了，露出一口潔白的牙齒。

「那就好。」如果劉旻文能知道前女友的近況，一定會覺得很欣慰。

「嘿，妳還沒把故事說完，我想知道妳爲什麼最後會選擇和他結婚。」

「故事已經快到尾聲了。」我淡淡地說。

杜小娟拉了一張椅子湊過來坐下，準備繼續聆聽我的故事。

白色情人節那天，後來還發生了一件奇怪的事。

王博宇來到我租屋處沒多久，皓皓便說他要回去了。

「我們一起吃頓飯啊，那麼遠來一趟，你這樣就要走嘍？」我趕緊說。

皓皓搖頭，用揶揄的語氣打趣道：「我還沒那麼不識相，你們應該要去補過白色情人節吧。」

然而我卻認爲，在這個當下，比起和王博宇過節，我更應該陪伴皓皓。

先別說他只是爲了實現我任性的願望就連夜南下，也別提他爲了來見我而和小宥分手，光憑皓皓是我最好的朋友這一點，他就應該被我放在第一位。

所以我轉過頭對王博宇說：「抱歉，我等一下想帶皓皓去學校附近逛逛。」

況且這是皓皓第一次過來這裡找我，我有責任帶他去遊覽觀光。我當時的想法非常單純，我的機車只容兩個人共乘，如果我要載皓皓，當然只能撇下王博宇。

我想體貼的王博宇會明白這一點的，於是我毫不猶豫地走向皓皓，拉起他的手腕。

皓皓臉上的神情揉合了詫異與驚喜，但他的眼睛卻一直往我身後瞟，我下意識回過頭，撞上王博宇複雜難辨的目光。

「好，那你們去吧。」過了半晌，他這麼說。

然而在這個瞬間，不知道爲什麼，我竟有種奇異的直覺，王博宇像是在心中做下了一個決定，若是此刻我選擇帶皓皓去遊覽，王博宇就會轉身離開。

就此從我身邊離開。

不給我任何理由，也不讓我有機會解釋。

我愣愣地望著他，本能地感到恐慌。

側頭看向皓皓，他看著我的目光平靜溫和，我知道，他和王博宇不一樣，不管我做出什麼選擇，他永遠會陪伴著我。

「那個……皓皓，我回台北再請你吃大餐好了。」

白色情人節過後，日子很平順地一天天過著，大我一屆的王博宇，眼看即將要大學畢業。

我幾次問他打算繼續升學還是先當兵，他卻總是神祕兮兮地微笑不答，直到四月中研究所考試放榜，我才知道他考上一間台北的學校。

「你爲什麼都不告訴我？」我嘟著嘴依偎在他的懷中。

「要是沒考上，不是白讓妳爲我緊張？」他溫柔地撫摸我的頭髮。

「還是該跟我說嘛！」我沒好氣地抗議，但他只是笑咪咪地將我摟得更緊。

「我計畫先當兵，然後再去念書。」

「總覺得你都自己先計畫好了，現在只是知會我一聲，人家希望可以跟你一起討論。」

他像是發現新大陸般驚奇地看著我，「妳在鬧彆扭？」

「我哪有！」

「妳這樣好可愛喔。」

雙頰忽然泛起一股熱意，我拿起沙發上的抱枕丟他，「不要說我可愛，可惡！」

「妳眞的很怕我稱讚妳耶。」王博宇笑著接住抱枕，順手放到一旁。

我才沒有，只是被王博宇稱讚的時候，心底會癢癢的，有種說不上來的古怪，搞得我很不自在。

「你再這樣開我玩笑，小心我兵變我告訴你！」我邊說邊搥了他胸膛一記。

王博宇難得皺起眉頭，「妳才不會。」

哦？見他這樣，我倒興起了捉弄他的念頭，「你又知道？」

他烏黑的眼睛直視著我，緩緩貼過來給我一個深長的吻，我閉上眼睛，王博宇卻在我的耳畔低聲說：「張開妳的眼睛。」

我依言睜開眼睛，與王博宇四目相交不過數秒，忍不住又害羞地閉起眼睛，他再次輕聲吩咐：「張開。」

我不懂爲什麼王博宇每次接吻都堅持要我睜著眼睛，這讓我很害羞啊。

「我還是喜歡閉著眼睛。」我嘟囔道。

「是嗎？」王博宇笑了，然而下一次接吻，他還是會要求我睜著眼睛。

新聞報導說今晚有天琴座流星雨，我們討論一陣，決定前往位於山區的放空咖啡廳觀看流星雨。

坐上王博宇的機車後座，我想起忘了帶相機，王博宇說晚上這麼暗什麼也拍不到，我卻執意要帶，他只好上樓去拿。我百無聊賴地拿出手機打發時間，卻在瞥見日期時，猛然驚覺今天是爸的生日，皓皓爸爸的生日。

我連忙撥電話過去，爸很快就接起，「乖女兒，怎麼啦？」

「祝你生日快樂，祝你生日快樂——」我哼唱起生日快樂歌，爸在電話另一頭笑得開懷。

「還是女兒比較有心，勝群要加班，皓群不知道跑哪兒去了。」

「爸，相信我，皓皓一定是去幫你買生日蛋糕。」

「是嗎？皓群回來了……啊，果然妳夠了解他，他手上眞的提著蛋糕。」爸的聲音聽起來很開心，我也跟著笑容滿面，此時王博宇從公寓大門走了出來。

「爸，那你們快點去吃蛋糕吧，記得給我留一塊。」

王博宇將相機遞給我，等我結束通話後才發動機車。

「妳爸生日？」

「是啊。」我沒多想便答，卻發現這樣回答不太對，正想解釋，機車卻猛地往前衝，我嚇了一跳，趕緊抱住他的腰，同時將這件事拋到腦後。

很多人都抱持著跟我們一樣的想法，放空咖啡廳裡滿滿都是前來觀看流星雨的顧客，於是我們決定轉移陣地，他指向下方的林間步道，「不然我們去碰碰運氣，看能不能找到螢火蟲。」

「好哇，我還沒看過螢火蟲呢！」

王博宇牽著我小心翼翼地從旁邊細窄的樓梯下去。

步道兩旁沒有照明，只能瞥見近處階梯模糊的輪廓，我們盡量放慢腳步，生怕踩空。

逐漸走入樹林深處，回頭往身後望去，已經無法窺見放空咖啡廳的燈光，這還是我第一次在夜裡置身於連一盞燈都沒有的山林間，幸好雙眼慢慢適應黑暗，隱約能看見後方也有幾對情侶正朝著我們這個方向緩緩走來。

我停下步伐，抬頭往天上看去，夜空不僅高懸著一輪滿月，同時也有滿天星斗。

「看來在這邊看星星反倒更合適。」王博宇的聲音在寂靜的山林裡顯得格外清晰。

「我們過來這裡，不是要看地上的星星嗎？你看，是那個嗎？」我指著右側草叢中的綠色光點，不確定地問。

前方傳來涓涓流水聲，王博宇領著我往水聲走去，他壓低聲音道：「螢火蟲會聚集在水源處，那些綠點就是牠們發出的光。」

果然，這邊一閃一閃的綠色光點更多了。

「哇……」我發出小聲的驚嘆，拿出手機想拍照，只是拍了幾張都效果不佳。

我不肯死心，想改用相機試試，王博宇卻俯身按住我探向背包的手。

「把這樣的美好記在心底就好。」他說話時的氣息噴在我的頰邊，我的心跳突然不受控制地加快。

和王博宇交往好一段日子了，原以爲自己早已習慣他的碰觸，沒想到卻還是會爲了他的驀然貼近而感到緊張，我喉嚨縮緊，全身也變得僵硬。

王博宇握住我的肩膀，讓我面向他。儘管看不清他的面容，我卻能想像此刻他臉上會有著什麼樣的表情。

我知道他要吻我，下意識想閉起眼睛，又想起他一定會要求我睜開眼睛，反正四下一片漆黑，我也不用不好意思。

於是，當他吻過來時，我刻意睜著眼睛，這似乎讓他很滿意，他笑彎了眼，給了我一個不同於以往的深吻。

一吻結束後，王博宇難得有些害羞地轉過頭，牽著我的手往回走，我們明明是來看流星雨和螢火蟲的，此刻腦中卻滿滿的只有彼此。

我有一股想要抱緊他的衝動，不管旁邊有誰在看。

「來，小心腳邊。」只剩幾個階梯就能返回至步道的起點了，王博宇牽著我的手，扭頭看了我一眼，有股奇妙的羞澀氛圍飄散在空氣中。

我很想看清楚他的神情，卻因爲背光而未能如願。

而天上的那輪明月，就好像皓皓的眼眸一樣，正盯著我看。

因爲我任性的要求，導致皓皓和女朋友分手，這讓我心裡一直很過意不去，於是我做了個破天荒的決定。

「我把第三個願望送給你。」

「什麼？」皓皓在電話那頭不明所以。

「你答應過要給我三個願望，前兩個願望你都爲我實現了，所以我把第三個願望送給你，我可以無條件答應你一件事，很棒對吧？我有沒有很大方？」我洋洋得意地一口氣說完。

皓皓安靜了一會兒，忽然爆笑出聲：「好啊，謝謝妳了。」

「我眞聰明啊！」我喜孜孜地自誇。

只是等到這個話題結束，我們竟陷入了沉默，各自拿著手機不發一語，聆聽著彼此的呼吸聲。

自那天與王博宇意外碰面後，皓皓就沒再提起過他，也沒問我是怎麼和他認識的，更沒問我是何時與他展開交往的。

其實我有很多事想跟皓皓分享，不論是關於生活還是關於愛情，但不可否認，我們之間變得有些不一樣了，不再能像從前那般暢所欲言。

所以我們只能拿著話筒，從無話不談，變成各懷心事。

我很怕這種感覺，這種與他漸行漸遠的感覺。

然而鴕鳥心態的我卻選擇了逃避，就怕說了什麼或做了什麼之後，反讓一切更脫出軌道。

六月，王博宇在畢業典禮前一晚，來到我的租屋處，而這天簡伊凡又不在。

我不是沒想過這件事會發生，我本來以爲我會慌亂、緊張、不知所措，不料卻意外地平靜，好像事情就該如此發展。

淡淡的月光沿著窗邊爬進來，落在王博宇光滑的裸背上，也落在我披散在枕頭的髮上。

王博宇細細親吻我每吋肌膚，我抬眸望進他的眼中，看見了自己。

那一刻我好想流淚，而他只是彎起雙眼，寵溺地看著我。

溫柔的眼神、溫柔的情人，他從未說過愛，但我知道他愛我。

我張開手臂緊緊擁抱這個男人，害怕若是稍微放開，他就會消失不見。

今晚又是滿月，我閉上眼睛，不去看窗外那輪明月。

我忽然間明白了愛情是什麼，因爲害怕對方消失，所以必須緊握在手中，捨不得放開，這就是我的愛情。

聽到這裡，杜小娟神情複雜，眼角竟有淚光閃爍。

我慌了手腳，趕緊抽了幾張面紙遞給她，杜小娟用力擤過鼻涕，擦乾眼淚，什麼話都沒說。

「妳快點吃便當吧，不然我等等還要換兩套禮服，到時夠妳忙的了。」我指了指桌上的便當。

杜小娟這才過去拿起便當，背對著我坐下，慢慢吃了起來。

我不懂她爲什麼會哭，我剛說的那些並不是什麼悲傷的事，我愛王博宇，王博宇也愛我。

在我獻出自己的那晚，雖然想起了皓皓，雖然刻意不去看那輪讓我想起皓皓的明月，但是，我不後悔，我獻出的是我的愛情。

「妳有想過幾歲結婚嗎？」王博宇一手玩著我的頭髮，一手撐著頭，側過身體問我。

「也許三十歲？」

「那妳想過婚禮的細節嗎？」

「爲什麼要問我這些問題？」我歪頭看他，避開窗外的月光。

「女人不都有新娘夢嗎？我想知道妳心目中的理想婚禮是什麼樣的。」

我眼珠一轉，這個問題皓皓以前也問過我。

「只要能跟喜歡的人結婚，什麼樣的婚禮都行。」我將頭埋進王博宇胸前。

「這麼容易滿足？」他的胸膛隨著他的笑聲微微起伏，我也跟著輕笑。

隔天，我去參加王博宇的大學畢業典禮，我哭得很慘，趴在他的肩上嚶嚶啜泣，申請提早入伍的他，已經收到兵單，不久就要離開了。

我討厭離別，但有時候卻不得不離別。

王博宇摟著我，臉上帶著笑容，安慰我時間很快就會過去，他很快就能回到我身邊。

在我升大四的暑假，我的初戀情人就這樣交給了國家，而我忽然覺得生活頓失樂趣，每天就是等著他打電話過來。

「看不出妳談戀愛會是這副德性。」簡伊凡來到我家作客，爸媽對她的印象非常好，每次都會端出最高級的水果點心來招待她。

這個女人在我爸媽面前永遠都是一副大家閨秀的樣子，嘴巴又甜，哄得二老非常開心，然而只要一進到我房間，她瞬間就像是換了個人，完全不顧形象地坐到我床上翹腳大口吃著零食。

「彼此彼此。」誰都有資格講我，就簡伊凡最沒有。

「妳和王皓群之間的相處模式，還是跟以前一樣噁心嗎？」簡伊凡將吃完的零食包裝袋扔進垃圾桶。

「我們之間的相處模式一直都一樣。」說謊，其實不一樣了。

簡伊凡銳利的目光在我身上打量了好一會兒，才淡淡地表示，若是我不肯說，她也不會多問。

我順手抱起床上的親親布偶，至於親親吊飾，則早就被我從手機上取下，改放在桌上作爲擺飾。

「妳抱的那個布偶，是王皓群做的嗎？」

「這個？應該是買的吧？」這是皓皓在六歲那年送我的，怎麼可能是他做的。

簡伊凡從我手中接過親親布偶檢視，肯定地說：「這一定是自己手工縫的啦，針線很不精細耶，絕對不是外面買來的成品。」

有這回事？我拿回布偶仔細察看，針腳確實很粗糙，還有少量棉花從接縫處掉出來，爲什麼我以前沒發現？

我連忙拿起桌上的親親吊飾細看，針腳也同樣很拙劣。

「妳怎麼都沒發現？」簡伊凡不可思議地望著我。

我也覺得自己很荒謬，怎麼會一直毫無所覺？還有，我怎麼不知道皓皓的手竟然這麼巧？

「看來關於王皓群的事，妳也不是全部了解。」簡伊凡逕自躺回我的床上，翻看最新一期的服裝雜誌。

我腦中嗡嗡作響，完全無法思考。

當天晚上，我決定主動去找皓皓，按下他家門鈴時，我心中竟莫名湧現出緊張感。

然而打開門的卻是一個陌生的女人。

她燙鬈的頭髮長度及肩，一雙單眼皮的眼睛頗爲靈動，她對著我露出疑惑的神情，我下意識後退一步。

「請問妳是？」她不確定地開口，這個問題我也想奉還給她。

「是誰啊？」我聽見皓皓的聲音從裡頭傳來。

「一個女生，我不認識……」她扭頭向皓皓大喊。

皓皓趿著拖鞋的腳步聲越來越近。

我忽然好想逃離這裡，逃離這個我本該很熟悉，此刻卻顯出幾分陌生的地方。我好怕見到皓皓，好怕發現他身邊已經多了個誰。

「可可？」好一陣子不見的皓皓一臉驚訝地看著我，而那個陌生女人臉上也有同樣的表情。

「我、我只是……我有……」我竟說不出完整的句子，只想著小宥的事也許又要再次重演。

「先進來吧。」那個女人招呼我進屋。

這個地方從我五歲就摸熟了，憑什麼現在要另一個女人來招呼我，告訴我拖鞋放在哪裡，還要我在沙發上坐下？

她該先自我介紹吧！

我瞪著皓皓，爲什麼他交了新女友也不跟我說？而且這女人看起來年紀比我們大上不少，皓皓口味變了嗎？改吃熟女了？

下一刻，我的理智突然回籠，懷有那種想法的自己實在太過醜陋，於是連忙向她擠出禮貌的笑容。

「妳就是跟皓群一起長大的可帆對吧？勝群有跟我提過，總算見到妳了。」那個女人端著一杯泡好的茶放到我面前的桌上。

現在到底是什麼情況？爲什麼勝群哥要跟她提起我？她到底是誰啊？

「她是哥的女友。」坐在一旁的皓皓向我解釋，嘴角帶著淺淺的笑意。

被他看穿心中所想，我感到無地自容。

那個女人舉起右手，無名指上戴著一枚鑽戒，笑容柔和美麗，「很快就會是老婆了。」

「老婆？」我驚呼出聲，「妳和勝群哥要結婚了？」

原來我不只錯過皓皓生命中某些重要的時刻，也錯過了勝群哥的。

「怎麼會突然過來？」進到皓皓的房間，他特意沒將門掩上。

「爲什麼勝群哥要結婚了，我卻不知道？」

「他們剛決定沒多久。」皓皓聳聳肩。

我不滿地噘嘴，這種「不熟」的氣氛與談話內容是怎麼回事？

「那個。」

皓皓順著我指的方向看過去，他的親親吊飾也從手機上取下來了，掛在檯燈上當裝飾。

「什麼？」他不解地問。

「那個是你親手做的對吧？親親布偶也是，爲什麼你沒跟我說？」

「那很重要嗎？」儘管皓皓語氣平淡，但從他的表情看起來，他好像很訝異我竟然直到現在才發現。

「對，不重要，一點都不重要。」我雙手扠腰，轉過身背對著他。

我以為皓皓會像以前一樣過來哄我，然而他卻杵在原地不動。

「我在想要送些什麼給哥和大嫂，做為新婚賀禮。」

是怎樣？他話題也跳太快了吧。

「我怎麼知道。」我哼了聲。

「妳男朋友現在在做什麼？」皓皓在我背後問。

「當兵。」

「是喔。」

我不知道他現在臉上是什麼表情，也聽不出他聲音裡的情緒，我們不熟悉彼此很久了。

空氣凝滯幾秒，我冷汗直流，雙手握拳，全身微微發抖。

我好害怕，好害怕這樣的沉默，好害怕皓皓就這麼永遠不說話了。

我以前都怎麼和皓皓說話的？我都找了些什麼話題？我都做了些什麼反應？

我很後悔自己方才的冷言冷語，只要皓皓先說話，我就不再鬧脾氣了。

「幫我想想吧。」

聽見皓皓出聲打破沉默，我鬆了一口氣。

「想什麼？」所以我放軟了態度，回過頭問。

「想想可以送什麼禮物給他們。我們一起合送怎麼樣？」他湊到我身邊，一雙圓圓的眼睛還是像小狗一樣可愛。

「親手做的禮物最有誠意吧？你那麼會做娃娃，乾脆做一個送他們。」

「男生做娃娃會不會太娘？」

我噗哧一笑，「你都已經做了兩個給我，現在才在擔心男生做娃娃會太娘？」

皓皓有些羞赧地搔搔頭，「也是。對了，妳看出大嫂懷孕了嗎？」

「懷孕？」我驚訝地走到房門口往外探看，從側面看過去，大嫂的肚子的確微微隆起。

「很不明顯對吧？其實已經八個月了。」皓皓小聲在我耳邊說，「他們打算等小孩生下來以後再辦婚禮。」

沒想到向來中規中矩的勝群哥也會奉子成婚，我回了句：「那你不應該送結婚賀禮，還不如準備點東西給小孩吧！」

「對耶！」皓皓恍然大悟似的打了一記響指。

爸恰巧在此時從房間自行推著輪椅出來，一看見我便露出開心的笑容，「可帆？妳來了啊，怎麼有空過來？」

「爸，我現在放暑假呀！」我彎腰給了爸一個擁抱，「恭喜啊！爸，您馬上就要有媳婦和孫子了！」

爸的快樂與驕傲全寫在臉上，他笑吟吟地說：「什麼時候換妳跟皓群啊？」

我揚起的嘴角頓時一僵，還來不及反應，皓皓就已經搶先出聲：「爸，不是說了嗎？別再提這些了。」

「是、是啊，爸，我跟皓皓就像是家人一樣，我們是姊弟呢！」我刻意裝出輕快的語調。

爸張了張嘴，像是想說什麼，但最後還是把話吞回去了。

一股怪異的沉默再次降臨，讓我無法再待下去。

「爸，我先回去了，皓皓，我再跟你討論合送禮物的事。」說完，我飛快轉身離去，幾乎可說是落荒而逃。

原來就算到了現在，還是會有人將我和皓皓配成一對。

「妳今天做了哪些事啊？」

王博宇固定會在晚上九點半打電話過來給我。人家都說，男生去當兵以後會變得很黏女朋友，但我卻從來沒有在王博宇身上感受到這點，他依然從容不迫，好像對任何事都有絕對的自信。

「皓皓的哥哥要結婚了，我們打算一起合送禮物。」

「這樣啊，恭喜他哥哥，你們可要好好準備一份大禮。」

我忍不住微笑，覺得自己實在很幸福。

像我這麼驕縱任性的女人，究竟何德何能，竟能遇見王博宇這樣一個如此包容我的男人。

而且，他還能接受皓皓的存在。

隔天吃過午餐後，我再次來到皓皓家門前按下電鈴，等了三分鐘，他才睡眼惺忪地過來開門。

「可可？怎麼來了？」他頭髮亂翹，眼皮也睡腫了。

我走進屋裡，看樣子只有他一個人在家。

「我昨天想了又想，既然勝群哥打算等孩子出生後才補辦婚禮，那不如做個和寶寶等重的布娃娃送他們？」

皓皓揉揉眼睛，思索片刻後連連點頭，「這點子不錯，妳是怎麼想到的？」

「靈感來自於卡通《我們這一家》。」我得意地摸摸鼻子。

「哦？原來可可長這麼大還會看卡通呀。」皓皓調侃我，嘴巴還故意張得大大的。

哼，我大人有大量，這次就不跟他計較了。

選日不如撞日，我們索性著手討論起要做什麼樣的娃娃，原本打算以寶寶的生肖做爲造型，但今年是龍年，皓皓畢竟是個業餘人士，怎麼做得出龍娃娃啊。

考慮到能力有限，最後我們決定做個小熊娃娃。

我一直以爲，預產期只是參考用，沒想到大嫂的寶寶這麼準時，眞的選在預產期那天降臨。當時我和皓皓在產房外的長廊上緊張地來回走動，爸則坐在一旁雙手合十禱告，耳邊縈繞著大嫂殺豬似的慘烈叫聲。

我偷偷在心裡發誓，將來要是生小孩，我一定要打無痛分娩。當寶寶的哭聲終於響起時，我不自覺地流下喜悅的眼淚，原來新生兒的降臨會這麼令人感動。

在同一間醫院裡，我和皓皓曾經為了爸的可能離去而心急如焚，如今卻為了寶寶的到來而歡欣鼓舞。

「妮妮出生時的體重是兩千九百二十七公克，我們只要把小熊娃娃的重量控制在這個數字就行了。」皓皓說。

妮妮是勝群哥為寶寶取的小名，自然產的大嫂在醫院住滿三天就能回家裡坐月子了，這就表示我們必須在那之前縫製好娃娃。

「我們要熬夜趕工，今天應該會直接睡在皓皓家裡。」向爸媽交代過後，我立刻往六樓奔去。

「我剛去買材料回來，草圖大概是這樣，妳看看有沒有問題。」皓皓將他畫好的設計圖遞給我。

我瞄了一眼就還回去，「我哪知道有沒有問題，我又不懂，你覺得行就行。」

手機鈴聲準時在晚上九點半響起，我正專注於裁剪布料，一時空不出手接電話。

「皓皓，幫個忙，把電話接起來放到我耳邊，快快快。」我催促皓皓，他只得放下手邊的工作，依照我的吩咐去做。

「可帆？」

聽見王博宇的聲音在電話那頭響起，我忍不住微笑。

「哈囉，今天過得怎樣？」我自覺自己和王博宇說話的方式和平時沒兩樣，好吧，也許多了那麼一點點撒嬌的感覺，因爲皓皓皺起眉頭了。

不等王博宇回答，我就迫不及待地說：「我和皓皓正在一起做娃娃，要送給勝群哥的女兒。」

王博宇在電話那頭陷入了沉默，只聽得見他綿長的呼吸聲。

「博宇？」我喚了聲他的名字。

他還是沒說話，剛好我裁剪完手上的布料，便從皓皓手中接過手機，而皓皓則低下頭繼續先前的工作。

「今天生了啊，恭喜。」王博宇平穩的聲音終於再次傳來，我鬆了口氣。

「對呀，我們想要趕在寶寶回家之前，把娃娃做好。」我將我和皓皓擬定的計畫告訴王博宇。

這時皓皓突然搶過我手上的布料，我瞪了他一眼，就不能先跟我說一聲嗎？不怕布料被扯壞？

「所以妳在王皓群家？」王博宇問。

「是啊。」

「那妳幾點會回家？」

「因爲要趕著做完，應該會熬夜吧！」我老實回答。

他又不說話了，這一次的沉默持續得更久，久到我猛然意識到，王博宇在不高興。

我想問王博宇怎麼了，可是皓皓也在這裡，一向在皓皓面前形同女王的我，怎麼能當著他的面展露出小女人或撒嬌或低聲下氣的模樣？

誰都可以看見我那副模樣，唯獨皓皓，我不想讓他看見。

所以我強把那句詢問吞回去，裝作毫無所覺，跟王博宇道了晚安便掛掉電話。

「妳這樣他不會生氣？」皓皓慢條斯理地縫合其中兩塊布料。

「爲什麼會生氣？我又不是沒跟他說過我們兩個感情很好，我們可是家人呢！」我知道皓皓在問什麼。

「但我們又沒有血緣關係。」

我扭頭看他，只覺莫名其妙，爲什麼都到了現在，皓皓還要老調重提？我們不是早在十八歲那時，就確認過彼此之間的情感並未夾雜愛情了嗎？

話說回來，皓皓好像一直都很在意外人是怎麼看待我們的，我不懂爲何他爲什麼要這樣，好像我們之間的友誼確實並不純粹。

「我要聽廣播。」不想探討也不想繼續這種沒意義又沒營養的話題，我打開他房間的收音機，電台播放的是一首前奏是鋼琴的歌曲，我很確定自己沒聽過這首歌。

「別聽這首。」皓皓起身要關掉廣播。

變。

我連忙制止他，「幹麼？我想聽啊。」

女歌手的嗓音迴盪在房間裡，微低的嗓音在這樣的夜裡聽起來格外撫慰人心。

「這首歌挺好聽的。」我稱讚道。

我很少會在還沒聽到副歌的時候就覺得那首歌好聽，皓皓聽我這麼說，臉色竟明顯一變。

「你到底是怎麼啦？」我忍不住問。

「不要聽這首歌好不好？」他臉上的表情與說話的口吻都略帶懇求。

「這首歌是哪裡惹到你……」我話還沒說完，女歌手已唱至副歌。

可是愛　讓我們變成陌生人
卻變不了更高尚的靈魂
不要吻我　只要抱著我
不要愛我　做我的親人

〈親人〉詞：陳沒　曲：林邁可

忽然間，我明白了皓皓爲什麼不想讓我聽這首歌。

看著皓皓圓圓的眼睛泛起微光，我以爲他哭了，直到他輕輕爲我拭去眼角的淚水，我才恍然大悟，原來正在無聲哭泣的是我。

他的臉似乎緩緩朝我貼近，我下意識瑟縮了下，很輕微的動作，但皓皓注意到了，他扯動嘴角，退後一步，與我拉開距離。

再一次，我們之間只剩下無語的沉默和無限的尷尬，我信手拉扯毛絨絨的布料，卻怎麼也扯不掉心中的煩躁。

「記得我剛和小宥交往的時候，妳問過我什麼問題嗎？」

皓皓忽然開口，我轉頭看向他的側臉，窗外一陣晚風吹來，微微拂起他蓋住眉毛的劉海。

「妳問我，喜歡小宥時的心情，和誤以爲自己喜歡妳那時的心情，兩者有什麼不同。」

「你說少了緊張感。」我記得很清楚。

他用鼻子哼氣，「那妳呢？妳對於男朋友的喜歡，和妳當時對我的喜歡有什麼不一樣？」

我當時又沒說過喜歡皓皓，我只是搞不清楚自己對皓皓的感覺，但現在知道了，對我來說，他是家人，重要的家人。

「或者說，接吻的感覺有什麼不同？」他又補上一句。

倏地，我感到臉上湧上一片火辣辣的燥熱。

皓皓垂下眼睛，「沒想到可可還懂得『害羞』兩個字怎麼寫。」

「你、你別損我。」

「所以到底有什麼不同？現在換妳回答我了。」他注視著我。

看著皓皓清澈的眼神，我深深吐出一口氣，「我對你有愛，對王博宇也有愛，但我害怕王博宇走開，如果不緊緊抓住他，他好像下一刻就會消失。」

「那我呢？」

「每次我回頭，你就站在那裡，永遠不變。」

他沒說話，眼底有著許多情緒，其實我明白的，那是愛。

「皓皓，你愛我嗎？」

皓皓一愣，顫抖著張了張嘴，過了好一會兒才發出聲音。

「愛。」

「我也愛你。」我說。

皓皓心領神會地點頭，「就像是愛家人一樣是吧？」

「對，就是這種感覺，沒人比得上你，也沒人能替代你，因爲你是我的家人。」我誠摯地說，並握住皓皓的手，這個陪伴我成長的，最好、最好的朋友。

皓皓也回握住我，將我的手貼著他的臉頰。他輕輕哼唱起一段曲調，我原以爲他哼唱的會是〈魯冰花〉，不料卻是剛剛那首歌。

做我最親密的親人
不是誰的情人　誰的某某某

皓皓唱歌很好聽，句句都能唱進我的心坎裡。

〈魯冰花〉這首歌是只屬於我們兩個的祕密，裡面有童年皓皓對於母親的思念，也有青年皓皓對於父親的不捨；而這首〈親人〉，將成為另一個同樣只屬於我們的祕密，道盡我與皓皓這麼多年間那些界線模糊的情感。

「皓皓，你永遠都是我最重要的人。」我抱緊他。

「可可，妳也是，無可取代。」他也緊抱著我，將整張臉深埋在我的頸肩之處，聲音聽起來有些悶悶的。

我們愛著對方，像愛著家人一樣。

第十一章

退伍一個月後，王博宇便一面念研究所，一面幫家裡作事，他跟我說，他們家的公司最近考慮拓展歐洲業務，身為家中一分子的他必須全力支援。

他變得很忙碌，常常研究室和公司兩頭跑，我一直以為他們家只是普通小貿易商，最近才發現並非如此，原來不是只有言情小說裡的女主角才會遇到總裁，又或者該說是家財萬貫的富二代。

「妳釣到一個金龜婿？」皓皓聽到王博宇他家公司的名字後，瞪大眼睛望著我。

「我先前又不知道，我和他交往跟他家的錢無關！」我解釋。

「參加聯誼之前，我不就跟妳提過了？」簡伊凡拿起沙發上的抱枕丟我。

「我哪記得！」我把抱枕丟回去。

「好了啦，妳們先別玩了，快來包裝糖果！」皓皓企圖中止我們的戰爭，簡伊凡卻一把抓起桌上的糖果丟向我。

「可惡！簡伊凡！」被偷襲的我怒了，想都沒想就抓起面前那疊剛剪裁好的包裝紙往簡伊凡臉上扔。

頓時五顏六色的包裝紙與各式繽紛的糖果滿天飛，皓皓家的客廳原本就堆滿婚禮要用的用品，這下子被我們弄得更亂了。

「煩死了！妳們兩個住手！」皓皓站起來大吼，以爲這樣就能嚇到我和簡伊凡。

我們卻只是相視一笑，異口同聲說：「因爲我們是煩人二重唱啊！」

皓皓拿我們一點辦法也沒有，因爲當初幫我們取下這個稱號的可是他。

玩鬧歸玩鬧，我們還是很認眞地準備勝群哥婚宴上要分送給賓客的糖果，將每顆糖果先用紗網裹起，再包上色彩鮮豔的包裝紙，最後的成品既精緻又漂亮。

話說回來，皓皓理所當然是伴郎，而我卻是伴娘。

照理說，伴娘該是新娘的朋友，大嫂卻表明希望由我來擔任。

「所以說，妳要和王皓群穿著禮服一同進場？」王博宇在電話那頭笑了。

自從他忙於兼顧研究所課業和家裡事業後，我們很少有時間見面，每天只能講電話解相思愁，不過王博宇卻說小別勝新婚，聽得我羞紅了臉。

有時候我會獨自前往我們常去的那間餐廳，點一盤炒飯，在飯上淋上大量番茄醬，邊吃邊想念與他約會的時光。沒想到我也會做出這種小女人的舉動。

「大概是因爲被我和皓皓合送的禮物感動，大嫂才會選我當伴娘。」這話可不是開玩笑，大嫂收到那個與妮妮等重的小熊娃娃時，確實當場感動落淚。

「妳還叫她大嫂？」

「我和皓皓形同家人，他爸就是我爸，他哥就是我哥，他的大嫂當然就是我的大嫂啦！」

「那以後王皓群的老婆是妳的誰呢？」

噢，這我可沒想過。

皓皓會娶什麼樣的女人？

當天晚上，我又夢見皓皓穿著那件可笑的燈籠褲，披著紅色披風，胸前同樣掛著寫上「王子」的名牌；而我坐在華麗的座椅上，紫色長裙曳地，皓皓牽著一位公主站在我面前，我看不清那位公主的臉。

皓皓對我說了聲再見，我手中的權杖倏地掉在地上，上頭的水晶應聲而碎。

我在夢裡痛哭，哭得幾乎喘不過氣來，我討厭離別，但有時候卻不得不離別。

就連在夢中，也要嘗盡這苦澀的滋味。

醒來後，我愣愣地抬手，竟在臉上摸到一片濕意。

離別，眞的讓人好孤單。

☽

「那他哥哥的婚禮進行得順利嗎？」杜小娟吃完最後一口便當。

「很順利，只是依然很多人把我和皓皓當成一對。」

「從今天起，應該不會再有人這麼認爲了吧？」杜小娟帶著試探的語氣讓我覺得好笑。

「那當然。」我舉起手上的戒指。

的。

「我可以問妳，爲什麼最後會決定……」

「嫁給王博宇嗎？」我笑著接話。

謝卡上的婚紗照是我和王博宇一起拍的，手上的戒指也是王博宇下跪求婚時爲我戴上的。

而以紫色作爲布置基調的婚宴會場，是皓皓安排打理的。

「王博宇家裡的事業拓展得比預期快，他研究所都還沒畢業，家裡就決定讓他派駐歐洲分公司。」我的思緒飄回王博宇向我提起這件事那天。

我記得那天下著小雨，他終於抽出時間和我一起去吃炒飯，然後他提議去看電影，而且還難得主動選了愛情片。

售票亭明明大排長龍，影廳裡卻只有我們兩個人，我本來以爲是電影票房不佳，一面看一面心中充滿疑問，這部片明明很好看，爲什麼賣座這麼差？直到電影播畢後，大螢幕上居然出現了我的照片，我才反應過來，應該是王博宇包下了整間影廳。

「嫁給我好嗎？」他從座位上站起來，單膝下跪，手中拿著一枚鑽石戒指。

我從沒想過，自己會在二十五歲就被求婚，更別說是結婚了。

我完全無法動彈，也無法做出反應，只瞪大了眼睛，目光在那枚大得嚇人的鑽戒與王博宇緊張的俊臉上來回打轉。

「我可以考慮一下嗎？」半晌，我吶吶地擠出這句話。

王博宇有些失落，我將他從地毯上扶起來。

「我明白，妳才二十五歲，這個年紀就要步入婚姻確實有點早。」體貼的他能站在我的立場說出這番話，我不是不感動的。

看著他沮喪地收起婚戒，我也不好受，這是我第一次看見向來自信瀟脫的王博宇出現這樣的神情。

我不知道自己在猶豫什麼，爲什麼還需要時間考慮，但我是愛他的，我確信這一點。那首歌又在我心中悠悠響起，我抱著眼前的男人，無聲地隨之哼唱。

不要吻我　只要抱著我
不要愛我　做我的親人
把手借我　一天一分鐘
讓我還敢做我的夢
做我夢中偉大的微笑的英雄

「爲什麼……現在就跟我求婚？我是說我們都還這麼年輕……」我在王博宇懷中提問。

「我跟妳提過家裡公司要拓展歐洲業務的事吧，長輩決定外派我過去。」

「你要去歐洲？」我猛地抬頭。

「我一定得去，但我不打算自己一個人去，我想帶著妳一起，不過，不能讓妳這樣無名無份地跟著我去。」王博宇親吻我的額頭，「我愛妳，希望妳永遠在我身邊。」

這個意外的消息讓我受到了很大的衝擊。他這麼一走，我們就成了遠距離戀愛，很可能會分手，可是我不想失去他，我不要。

但是跟著他遠赴國外，就表示我勢必得捨棄我的家人、我的朋友、我的生活、我所有熟悉的一切，這值得嗎？我對王博宇的愛，有深刻到我願意這麼做嗎？

「可帆，我尊重妳做出的選擇，絕對尊重。」王博宇在我耳畔低語。

我還是沒能在當下給出答案。

後來我問了簡伊凡的意見，她驚慌地問我是不是懷孕了。

「妳白痴啊！我沒有懷孕啦！」我好笑地說。

「那怎麼會現在就要結婚？」簡伊凡在電話那頭怪叫。

「不是說了嗎？他要去歐洲工作，不想讓我無名無份地跟著他去。」

「妳決定要跟他去？」

「……我不想分手，也不想遠距離戀愛。」我輕咬下唇。

「那妳猶豫什麼？」簡伊凡又問。

「我……」我猶豫什麼？我也不知道。

也許還有太多事情要考慮，也許還有太多東西我放不下。

「結婚，靠得是一股衝動！」簡伊凡堅決的語氣連隔著話筒都能感受到。

「我當然知道。」

「還是妳在意王皓群？」簡伊凡依然時常語出驚人。

「我的確在意，他也是我的家人之一。」

簡伊凡沉默不語，過了好一會兒，她才輕聲說：「我大錯特錯了。」

「什麼？」

「我說過，妳會和王皓群在一起。」

「時間證明我是對的。」我哈哈大笑，卻沒來由地有些感傷。

「我知道，但……」簡伊凡停頓了好久，始終猶豫著沒把話說完，這可真不像她。

「妳和劉旻文現在還好吧？」於是我扯開話題，不想聽簡伊凡說出一些可能會讓我動搖、後悔，甚至改變想法的話。

「很好，挺不賴的。」她還是老樣子，一說起劉旻文就眉開眼笑。

其實我根本沒心思聽簡伊凡講述她和劉旻文的相處點滴，我想的是，要怎麼告訴皓皓這件事。

跟皓皓提起這件事，感覺比跟爸媽開口還要困難。

我抱著親親布偶來到他家，皓皓挑著眉，滿臉意外地看著我。

「我有事要跟你商量。」

「那怎麼會抱著親親下來？」他側身讓我走進屋裡，今晚他又是一個人在家。

勝群哥婚後時常帶著一家大小出去玩，偶爾會在外縣市過夜，聽說他們今天一大早就開車去往花東，打算玩個三天兩夜再回來。

「我想把親親送給你。」我說。

「送給我？」

「嗯。」我將布偶遞到他面前，皓皓卻不接過，雙手兀自插在口袋裡。

「為什麼？」

「因為我可能會離開這裡，所以、所以就由親親代替我，留在這……留在這裡陪你。」我囁嚅道。

皓皓眼睛瞠大，「什麼意思？」

「……王博宇跟我求婚了。」這句話我講得好艱辛。

「啊？妳懷孕了？」

我翻了個大白眼，將親親布偶丟到他身上，皓皓一把接住。

「不然他為什麼要跟妳求婚？」

我聳聳肩，輕描淡寫地將王博宇的求婚過程講述一遍，也跟他說了我和簡伊凡針對這件事的討論。

聽完之後，皓皓抱著親親布偶走進房裡，我連忙跟過去，只見他站在沒有開燈的房間裡，腳邊是那個早已坐不下的灰色鯨魚座椅。

「那麼，其實妳已經決定好了。」皓皓說。

心像是被什麼東西狠狠翻攪過，我把已至嘴邊的話硬生生吞回去，只輕輕「嗯」了一聲。

是啊，其實我已經決定好了啊。

「皓皓，你愛我嗎？」

他定定看著我，黑髮柔順地貼伏在他的額上，窗外淡淡的月光潑灑進來，他逆光而立，我看不清他的眼睛。

「愛。」

「但只是像愛著家人一樣，對吧？」我問。

「是的，像愛著家人一樣。」

「後來呢？」杜小娟問。

「後來？如妳所見。」我兩手一攤，順便轉了個圈展示身上的禮服。

「爲什麼妳不和皓皓在一起？」

我嘆了一口氣，切切實實的好大一口氣。

「妳早就知道故事的結局，爲什麼還會問我這個問題？」怎麼我和皓皓老是被旁人視爲一對？

杜小娟笑了笑，「因爲，我覺得你們互相喜歡啊。」

「我們是彼此最重要的家人。」

對於和皓皓分別，我固然感到難過，但天下無不散的宴席，離別是爲了重逢，離開是爲了去到下一個階段。

我們總是要放手，讓對方去到更好的地方。

「所以這場喜宴結束後，妳就會和王博宇去歐洲了？」

我點頭，此時有人敲響了準備室的門。

「可可，差不多嘍！」推門而入的是皓皓，他在看清完妝後的我後，明顯一呆。

「我先去一下洗手間。」

我知道杜小娟只是藉故離開，準備室只剩我和皓皓兩個人，他灼灼的目光在我身上來回打量，還眞不習慣。

「果然人要衣裝！」

「你就不能說點好話嗎？」我輕嘖了聲。杜小娟將皓皓的頭髮抹上髮膠全部往上梳，這樣好看多了。「你頭髮平時就該這樣打理，看起來比較有精神。」

皓皓聳聳肩，「時間差不多了，王博宇已經在外面等了。」

「皓皓，你愛我嗎？」儘管早就知道答案，我還是想問。

他回過頭，給我一個天眞的笑臉，像是回到五歲那時候。

「愛。」

我輕笑：「但只是像家人之間的那種愛，對吧？」

「當然，我愛妳，像愛著家人一樣。」

皓皓回答出這句話時，我清楚看見，他的左眉不斷上挑。

我愣住了，微微張開嘴巴，卻無法言語。

在那個瞬間，皓皓像是突然領悟到了什麼，他迅速抬手蓋住左眉，但我已經看見了，他也知道我看見了。

原來是這樣……原來……

眼前模糊一片，淚水頓時潰堤，我的領悟來得太慢，事實一直都擺在眼前，我卻從來沒能看清。

他靠過來，輕輕給了我一個擁抱，「記得妳給過我一個願望嗎？」

我嗚咽著說不出話，只能用力點頭，我給了他一個我會無條件幫他實現的願望。

「我希望，可可妳能幸福。」

我一定會幸福的，承載了這麼多人的愛，我怎麼能不幸福？

緊緊用力回抱他，我明白他帶親親布偶來做什麼了，親親布偶見證了我們的開始，也必須見證我們的離別。

從五歲就陪伴在彼此身邊的我們，在二十五歲將各自奔向不同的人生道路，不再有對方相伴。

「別哭了，妝會花掉。」皓皓手忙腳亂地用面紙為我拭淚。

我強忍住淚水，用盡全力對他綻放一個我自認為最美的笑容。

「新郎已經在外面等嘍。」簡伊凡冷不防打開門，看見眼眶泛紅的我們，她微微一愣，卻什麼也沒有多說，「王皓群，你該去舞台旁邊準備了。」

「啊，對，我還兼任司儀。」皓皓對我笑了笑，挺直背脊走出準備室，我這輩子都不會忘記他的這個背影。

「……要走了嗎？」簡伊凡遲疑地問，「可帆，妳還可以回頭的。」

我搖搖頭，把殘餘的淚痕擦拭乾淨，露出得體的微笑，緩步走出準備室，而王博宇就站在關起的喜宴會場大門前等我，一身筆挺的黑色西裝，整個人散發出陽光般的爽朗氣息。

我走過去牽起我的新郎，那個今後將陪著我走過下半輩子的男人。

簡伊凡這個不盡責的伴娘，早早表明自己不想和不是劉旻文的伴郎走上紅毯，便趁著這個時候偷偷溜進會場，陪伴她的摯愛。

「妳好漂亮。」王博宇在我頰上烙下一吻，低聲說：「我好緊張喔。」

我笑著拍了下他的手臂，「緊張什麼？」

「我剛剛看見王皓群從準備室出來。」

我的心猛地一跳，「是啊，他過來提醒我時間差不多了。」

王博宇點頭，沒有多問，跟以前一樣，完完全全地信任我。

「可以給我一個吻嗎？」他忽然說。

「現在？」我訝異，旁邊還有飯店的服務人員哩。

「現在。」他嬉皮笑臉地說，絲毫不在意別人眼光。

一旁的服務人員在我看過去之前，就先禮貌地別過頭。

我拗不過王博宇，只好閉上眼睛，但王博宇卻輕咳一聲，我無奈地張開眼睛對他說：「我還是不習慣張開眼睛接吻，我眞的不是很喜歡這樣，感覺好彆扭。」

王博宇輕扯嘴角，在我唇上印下一個輕吻。

我望進他的雙眼，從中看見了自己的倒影。

「妳知道爲什麼接吻的時候我總是張著眼睛嗎？」他問。

我搖頭，我以爲這只是他個人的習慣或癖好。

「因爲只有這時候，我才會占據妳瞳孔的最深處。」他說，而我還來不及咀嚼其中的含意，會場的大門已經打開。

我聽見皓皓的聲音從麥克風傳出。

「歡迎各位貴賓今天來參加新郎王博宇與新娘戚可帆的婚禮，現在新郎新娘準備要入場了。」

全場燈光暗下，只剩舞台上有微微的紫色光閃爍，王博宇拉起我的手，溫柔對我一笑，我的心登時一揪。

緩緩走入婚宴會場後，第一眼看見的是站在台上的皓皓，這一刻我突然明白，爲什麼我會這麼討厭劉旻文。

因爲，我從他身上看到了自己。

「我們是一樣的。」

劉旻文那句話說得再對不過了。

此刻，劉旻文坐在簡伊凡身畔，兩人耳鬢廝磨，簡伊凡笑彎了眼，他們之間那滿溢的幸福感是裝不出來的，就算劉旻文還忘不了前女友，但他仍對簡伊凡付出了眞心。

坐在另一桌的小翰和結衣，也正拍手爲我獻上祝福，想來眞是諷刺，一個當年喜歡我，一個當年喜歡皓皓，最後他們走在一起，而我和皓皓卻各奔東西。

我本來以爲結衣是抱著看好戲的心態來參加我的婚禮，但我卻沒能在她眼中找到幸災樂禍，更多的反而是困惑，這樣的困惑在所有我和皓皓共同的朋友眼中都能找到。

他們都很疑惑，爲何今天站在我身邊的人不是皓皓。

也許所有人都認爲，我和皓皓最後一定會在一起。

有沒有可能，皓皓也這麼認爲？

勝群哥和大嫂坐在主桌，大嫂手上抱著妮妮，皓皓的爸爸坐在勝群哥旁邊，面容慈祥，眼眶含淚，也許在我內心深處，確實曾經渴望過，他眞的能成爲我名正言順的爸爸。

而我爸媽就站在舞台旁邊等著我過去，他們向來都很支持我爲自己做出的任何決定，就連我說要和王博宇共度一生，他們也只是幾次欲言又止，最後仍未多言。

我最愛的父母，給了我最大的寬容。

淚眼朦朧中，我緩緩看向站在舞台上的王皓群，他在燈光下閃閃發亮，笑容和煦。他是我最愛、最愛的男人，卻也是我永遠的家人。

可是愛　連慈悲也沒多慈悲
誰愛越深　越容易被犧牲
不要吻我　只要抱著我
不要愛我　做我的親人
把手借我　一天一分鐘
做我最親密的親人
不是誰的情人　誰的某某某
讓我還敢做我的夢
做我夢中偉大的微笑的英雄

全文完

番外
他現在的愛情

屁股朝上抬高，尾巴也同時往上豎起，虎斑貓張大嘴伸了個懶腰，甩了甩耳朵，緩步來到男人身邊。

「嫣。」男人雖然面無表情，動作卻溫柔無比，他輕輕抱起貓放在自己的大腿上，一手撫摸著牠，另一手操縱滑鼠。

忽然，他微微一愣，視線停在電腦螢幕上許久，手上的動作也跟著停下，名爲「嫣」的貓喵了聲，喚回男人的注意力。

「餓了嗎？」男人笑著摸了牠幾下，將牠放到地上，起身去往廚房爲牠準備食物。

雖說是廚房，但其實這間租屋套房根本沒有任何隔間，一個小流理台、一組瓦斯爐和幾個迷你櫥櫃，就構成了所謂的廚房。

嫣在他的腳邊磨蹭，這隻養了八年多的貓十分黏人，總是用漂亮的眼睛盯著他看。他每次看著牠，便會想到她。

男人的目光再次落向電腦螢幕，畫面上是某個女人的照片，他的初戀情人。

所謂的初戀，到底是第一個喜歡上的人，還是第一個交往的對象？

無論是哪一種定義，對他來說，答案都是她，所以無庸置疑，沈雁是他的初戀。

他在高中對她一見鍾情，並且有幸與她交往，縱使她的心中一直有其他人，他也無怨無悔。

當時他天真地相信，只要耐心在旁等待，這份戀情總有一天會開花結果；同時天真地以爲，只要能陪伴在她的身側，再痛苦他也能忍耐。

最終他才發現，他如此貼近她，只是更清楚看見了痛苦的樣貌，他的愛成爲對她的負擔，她的同情也成爲對他的折磨。若是兩人的交往並非始於相愛，分離也就成了可以預期的結果。

於是他放過沈雁，放過愛情，也放過自己。人都需要向前走，所以他向前了，但是心卻遺留在高中的那間教室，遺留在那個女孩身上。

「嘿，你唱歌眞的好好聽。」

他坐在位子上，雙眼直直盯著前方。

「你有聽到我說話嗎？」一隻女人的手在他面前上下揮動，他才忽然回過神，醒悟自己正處於歡騰的KTV包廂裡。

「我剛剛走神了。」他簡略解釋。

「哈，你眞有趣。」女人歪著頭打量他，妝容豔麗，巧笑嫣然，眼中有股張揚的自信，「你是王博宇的高中學弟？」

他沒有接話，僅微微點頭。他對聯誼不感興趣，是王博宇千求萬求、並半挾帶威脅逼迫，他才勉強同意出席今晚的聯誼。

「你總不能老是沉浸在過往吧？不聯誼一次，哪能算大學生啊？青春咻一下就過了。」那時爲了讓他點頭答應，王博宇每天都不厭其煩地騷擾他。

「不聯誼也是大學生，況且我還和你同一所大學。」他吐槽。

「拜託，你怎麼知道不會在聯誼遇見靈魂伴侶，或是結婚對象？」王博宇說話就是如此誇張。

「學長，你眞的認爲在那種場合可以遇見結婚對象？」他認眞地看著這位高中時期的社團社長。

「說不定就是可以啊，難道你以爲結婚對象一定是在圖書館還是電影院才能遇到嗎？有人就算在夜店也能遇到眞愛啊！」王博宇用力捏了下他的臉，「多相信一點眞愛吧。」

他相信眞愛啊，當然相信。

只是，眞愛的定義並不一定非要是兩人彼此相愛，可能是你愛她，她卻愛他。

原本他以打工爲由，拒絕了王博宇，但這位難纏的學長竟直接跑到他打工的店裡查看班表，確定他打工結束後還是可以趕上聯誼。

最後，他因爲實在無法拒絕而答應赴約，只是店長臨時要他幫忙支援同事，耽擱了一下，過來的時候遲到了，被罰高歌一曲。

一曲唱畢，這個女人就主動坐到了自己身旁，她叫什麼名字來著……

「我叫簡伊凡。」她朝他伸出手，手指白皙漂亮，「你叫劉旻文。」

沒想到會有女生主動跟他握手，劉旻文還在猶豫要不要伸手，簡伊凡卻已主動拉起他的手握了下，笑盈盈地說：「我對你很有興趣！」

這句話讓劉旻文略微睜大眼睛，對於她的大方感到有些不習慣，畢竟沈雁完全不是這種類型，而性格外向活潑的杜小娟和徐安安也從來不與他接近。

「什麼樣的興趣？」他淡淡地問。

「我想和你聊天、一同出遊，加深彼此的認識。」簡伊凡靠在他耳邊低語，配合她嬌媚的眼神與曼妙的身姿，彷彿話中有話。

他不是單純的高中生了，明白所謂的男女情愛也可以是逢場作戲。

沒過多久，簡伊凡約他單獨出去看電影，看完電影後，她問他是否一個人在外租屋，他瞬間明白了她的意思，於是他帶著她回到住處。

「你有養貓呀？」簡伊凡好奇地問。

嫣端坐在書櫃上，眼睛直勾勾盯著簡伊凡，長長的尾巴卷曲在後。

「嗯。」他簡短回應，將剛才在便利商店買的飲料放到桌上，再坐上沙發。

簡伊凡也跟著在沙發上坐下，從短褲下方露出的白皙大腿幾乎緊貼著劉旻文。

他當然想過帶她回來住處意味著什麼，他沒有猶豫，正想伸手往她的腿探去，嫣卻倏地跳上他的大腿，坐在他的腿上盯著他看。

這一瞬間，他慾火全消。

他輕輕摸了嫣的頭幾下，讓牠舒服地蜷縮在他的懷裡，然後他打開桌上的飲料遞給簡伊凡，接著他就只是安靜地看著電視。

然而簡伊凡可不是什麼省油的燈，她並不介意主動出擊。她冰冷柔軟的掌心貼上劉旻文的臉，他呼吸逐漸加速，不由得朝她看去。

她眼神嫵媚，宛若薔薇般美麗動人，即便並未對她產生情愫，也會被她勾去魂魄。

簡伊凡的唇緩緩朝他貼近，手更不斷在他大腿邊游移。情難自禁之下，劉旻文的手離開了嫣，改伸向簡伊凡——

「喵——」

坐在他腿上的嫣，冷不防用爪子在簡伊凡白嫩的手上劃出一道淺淺的血痕。

「呀！」簡伊凡吃痛地喊了聲，趕緊縮回手，並坐直身體。

嫣身上的毛全數豎起，跳上桌子對著簡伊凡齜牙咧嘴。

「她不喜歡我。」簡伊凡看著嫣，有些害怕，她不是不喜歡小動物，只是眞的拿無端對她充滿敵意的嫣沒轍。

「她不喜歡任何陌生人。」劉旻文從櫃子找出藥膏，「擦一擦吧。」

但光是要從他手中接過藥膏，就引得嫣怒氣洶洶，一副立刻就要撲上來的態勢，簡伊凡只好拿起包包，強做鎮定地說：「我先走了，下次再約出來玩吧。」

「嗯。」他送簡伊凡到門口，那女人幾乎是落荒而逃，卻又刻意放慢腳步，那模樣令他覺得有些可愛。

待簡伊凡離去後，他發現自己的愛貓居然前所未有地蹲坐在地上背對著他。

「嫣，嫣？」他蹲在牠身後，企圖將頭伸到牠面前，然而牠屢次快速轉身，就是不肯面對他，每次轉身還不忘用尾巴刻意打過他的臉，讓他啼笑皆非。

「妳生氣了啊？嫣？」他輕笑，「妳吃醋？」

聞言，嫣用尾巴用力打了他的臉兩下，仍然不肯看他。

劉旻文覺得十分有趣，伸手不斷撫摸著嫣，並持續喊著牠的名字，只是喊著喊著，「嫣」竟變成了「雁」。

他頓時沉默了下來，不再出聲，半趴在桌上，再一次的傷感襲來。

「喵——」嫣主動跳上桌子，在他的頰邊磨蹭。

「謝謝妳。」他揉揉牠柔軟的身軀，閉上眼睛，心中想著的是那隻遠在另一處天空飛翔的雁子。

「這一次，我買了貓罐頭。」

原以爲嫣的行爲會讓簡伊凡退縮，不料她竟是不屈不撓，越挫越勇的類型。

隔天，簡伊凡帶了許多頂級貓罐頭來到劉旻文的住處，嫣一見到她，依舊豎起了全身的毛，極度警戒地盯著簡伊凡。

「我能進去吧？」簡伊凡雖如此問，但不等主人回答，便已逕自脫掉鞋子，劉旻文也沒有拒絕的理由，側身讓她進來。

她將袋子裡的罐頭一一放在桌上，居然有十幾罐之多，「我不知道牠喜歡吃什麼，所以每種口味都買齊了，有牛肉、羊肉、鯖魚、蔬菜、雞肉等等，甚至還有鹿肉耶。」

「妳買太多了。」劉旻文拿起其中一罐，細看之後不禁皺眉，這個牌子平時連他都極少買，「這些太貴了。」

「不會，你放著讓牠慢慢吃。」簡伊凡注意到蹲踞在不遠處的貓，似乎想伸手摸牠，卻又猶豫，「牠叫什麼名字？」

「嫣。」

「好特別的名字，香煙的煙？」簡伊凡歪頭，穿著短裙與小可愛的她蹲到嫣的面前。

劉旻文不禁想，她是故意穿成這樣嗎？

「嫣然一笑的嫣。」他把罐頭全部收回袋子，「這些，我跟妳買吧。」

「不用啦，是我自己要帶來的！」簡伊凡拒絕他的提議。

「我不能平白無故接受這些。」他正色道。

「當然不是平白無故，我想要你請我吃飯、看電影，這樣可以吧？」簡伊凡眨眨眼睛。

劉旻文沒有立刻回話。

這女人為什麼會對自己產生興趣呢？

看她的打扮與行徑，似乎並不是什麼正經的女生，但如果她是想找人玩玩的話，又為什麼會挑上自己？

他自認自己看起來不像玩咖，同時也不認爲自己能吸引到像簡伊凡這般有魅力的女人。最後他歸納出一個結論，或許是因爲他對簡伊凡沒有興趣，她才想……怎麼說，征服他？

如果是這樣，那就好辦了，他最不需要的，就是一個對他投入眞感情的人。

「對了，我上網查過，罐頭最好泡點魚湯或開水，再讓貓配著吃。」簡伊凡嘗試伸手往嫣探去，但牠猛地又揮舞了下爪子，她趕緊退後，轉頭朝劉旻文一笑，「不過，這些你應該都知道了吧。」

他點頭，簡伊凡又是一笑。

劉旻文解釋：「我點頭是答應請妳吃飯、看電影，也請妳答應我以後不要再買這種昂貴的罐頭過來。」

「當然沒問題。」她眉開眼笑。

後來他答應了簡伊凡一次又一次的邀約，兩人見面的次數從一個禮拜一次，到一個禮拜四次，有時就算沒有事先約定，簡伊凡也會自己找上門。

她的確沒再買昂貴的罐頭過來，卻改買了其他便宜的罐頭；但劉旻文當初的意思是，別再買罐頭過來了，不過現在再對簡伊凡講這些也沒用吧，她也許認爲罐頭能夠討好嫣，而她又非常想討好牠。

嫣是隻很有個性的貓，始終堅持不懈地對簡伊凡祭出貓爪伺候。

每次只要簡伊凡一來，嫣就會一直黏著劉旻文，當簡伊凡試圖靠近他，得到的就是毫不留情的貓抓。所以說，只要看簡伊凡手上又多了幾條傷痕，大概就能計算出她今天試圖靠近他幾次。

看著簡伊凡手上的那些抓痕，劉旻文不免有些內疚。

「妳別再來了。」於是劉旻文這麼說，就在簡伊凡準備穿上鞋子回家的時候。

「爲什麼？」她訝異地看著他，一貫的自信在臉上逐漸瓦解。

「妳手上都是傷痕，何必呢？」劉旻文指向她那新舊傷痕夾雜的手臂。

「我下次穿長袖來就好了。」她不以爲意地說，「我明天的課上到下午五點，到這邊差不多六點，要不要順便買晚餐過來？」

「妳爲什麼要這麼做？」劉旻文開口，「是因爲我不喜歡妳，妳才這樣嗎？」

簡伊凡一愣，「什麼意思？」

「妳習慣被追求，偏偏我對妳不感興趣，所以妳才興起了征服的欲望？」劉旻文言詞過分又不近人情，但對於兩人之間這種難以定義的關係，或許直截了當說破才是好事。

「誰說我喜歡你了？誰說我要征服你了？你少往自己臉上貼金，我是誰呀，你配得上我嗎？」大概是沒受過這麼無禮的對待，簡伊凡漲紅了臉，尖酸地回應，用力甩上門後快步跑開。

這下子，她不會再過來了吧。

「喵——喵——」嫣在劉旻文腳邊磨蹭，接著跳上存放罐頭的櫃子，用爪子撓著罐頭。

劉旻文無奈地笑了，「妳討厭簡伊凡，但不討厭她買的罐頭，還眞是老實。」

嫣驕傲地昂起下巴，彷彿在說：食物是無辜的。

而後接連幾天，簡伊凡果然沒再出現，劉旻文想著這樣也好。

「欸，簡伊凡有沒有對你出手啊？」某次與王博宇一起吃晚餐時，他忽然這麼問。

「問反了吧。」劉旻文覺得有點好笑。

「喔，你不懂簡伊凡啦，我跟她國小就認識了。」王博宇將大量的番茄醬擠入炒飯，然後用湯匙拌勻。

「你國小就知道她是肉食女？」劉旻文打趣道。

「不是啦，我是說我很清楚她的個性。我很了解她，她向來不會被動等待，而是主動出擊，不過以前的她，根本不可能花這麼長的時間去認識一個男生。」王博宇用湯匙指著劉旻文，「我覺得，她愛上你嘍！」

劉旻文噗哧一笑，「我憑哪一點讓她愛上我？就因爲我對她沒興趣？」

「憑你能激起她想保護你、拯救你，或者讓你再次相信愛情的心情？隨便你怎麼形容，總之，簡伊凡大概是想照顧你。」

聞言，劉旻文不再回應這個話題，王博宇也沒有死追猛打。

王博宇和劉旻文就讀同一所高中，也認識那位名叫蔡政宇的學長，自然也聽聞過沈雁的事，那段並不遙遠的過去，在劉旻文心上留下了難以抹滅的遺憾。

劉旻文踏著說不上沉重，但也不算輕快的步伐回到住處，意外瞥見自家的房門口蹲著一個女孩。

「我想嫣的罐頭差不多吃完了。」簡伊凡氣色有些不好，但依然面帶微笑，她搖了搖手中的塑膠袋。

他不會自命不凡地認爲簡伊凡眞如王博宇所說，已然愛上了自己，但如果簡伊凡繼續這樣下去，的確很有可能會導向那樣的結果。

他無法回應她的感情，但至少能做到不當個渣男。

所以他走到簡伊凡面前，拿出口袋裡的錢包，刻意選擇簡伊凡看得見的角度打開，讓她看見錢包裡放著的那張照片。

那是他在高中時代與沈雁的合照，兩個人都是青澀稚氣的模樣，他笑容靦腆且發自內心，在沈雁身旁，他總是感受到痛苦與喜悅交雜。

「這兩千塊，是這些日子以來的貓罐頭錢。」他從簡伊凡刷白的臉色知道她看見照片了，他將兩張千元紙鈔塞進她手中。

「你把我當什麼了？」簡伊凡猛地站起，把錢丟回他臉上。

「那妳又把自己當什麼？」他反問，說了重話。

「好啊，劉旻文，你會後悔的。」她用力撞開劉旻文，直直走向樓梯，卻又立刻折返，將手中的那袋貓罐頭用力往他身上扔去。

劉旻文被她突如其來的動作嚇到，雖然及時接住塑膠袋，但那些罐頭還是結結實實地打中他的胸膛，他吃痛地正要說話，那雙溫熱柔軟的唇卻堵住了他的口。

簡伊凡雙手捧著劉旻文的臉，舌頭滑入他的嘴裡，吻得既深入又令人遐想，過了幾分鐘她才退開，雙唇水潤，臉頰泛紅，眼神充滿不甘。

「你以爲這樣就能把我逼走？在你眞正喜歡上我之前，我是不會離開的，然後等你喜歡上我，我就會甩了你！」

「所以這眞的是妳的目的？」劉旻文愣愣地問。

「對，怎樣？說出來暢快多了。」簡伊凡抬手抹了抹唇，恨恨地說：「還有，你吻功得練一下，女人吻你你都不回應，很不禮貌。」

「我不會愛上妳的。」劉旻文皺眉。

「哈，誰知道？」簡伊凡的聲音有些顫抖，但她不會讓自己流露出脆弱或退縮，「記得開罐頭給嫣吃，還有地上的兩千塊記得撿起來，明天見。」

說完，她帥氣地轉身，挺直背脊，走得優雅又從容。

無論怎樣，她都不能掉下眼淚，讓男人看見。

站在原地的劉旻文撿起紙鈔，找出鑰匙打開門，嫣端正地坐在門口，抬頭瞇眼看他。

「幹麼這樣看我？是她主動的。」劉旻文把鑰匙放到門邊的小櫃子上。

然而嫣依舊盯著他，尾巴在牠身後來回甩動，彷彿是責備。

劉旻文抬起手背貼上自己的嘴唇，不自覺笑了起來：「但我還眞沒遇過這樣的女人。」

也許，像劉旻文這種悶騷又活在過去愛情陰影中的男人，需要的就是一個放浪不羈且越挫越勇的女人。

而他幸運遇到了，簡伊凡就是這樣的女人。

他也許沒有愛上簡伊凡，但除了簡伊凡之外，他身邊也沒有其他女人了。因爲沒有哪個女人能像簡伊凡一樣，有顆不畏懼受傷的心，堅定不移地陪伴在他身邊。

某天，他載著簡伊凡回她的租屋處拿東西，在門口碰巧遇見王博宇感興趣的那個女孩，同時也是簡伊凡的好友——戚可帆。

戚可帆神色慌張，看向劉旻文的眼神依舊不甚友善。他知道她不喜歡自己，理由不用多想也能猜得到，因爲簡伊凡愛著他，而他並不愛她。

所以他無須解釋，也無須試圖消彌她對他的敵意。況且，是要解釋什麼？說自己不想當渣男，但他此刻的行爲明明距離渣男也只有一線之隔，否則他早就該推開簡伊凡，一點曖昧的空間都不能給。

「皓皓他爸住院了，詳細原因還不清楚，總之，我要先回台北一趟。」戚可帆匆忙提起行李，連鞋子都還沒完全穿好便快速跑開。

「妳現在要回台北？下禮拜就要期末考了耶！」簡伊凡追在她身後大喊，戚可帆卻只是擺了擺手。

「眞是的。」簡伊凡雙手扠腰，忽然眼珠一轉，「你要不要進來？」

「妳和室友不是有訂下住宿公約？」

「可帆不在呀。」她拉著劉旻文的手走進屋裡。

雖然他曾送簡伊凡回家幾次，卻從未進到屋裡過。簡伊凡拉著他來到她的房間，她脫掉外套，接過劉旻文手上提著的塑膠袋，取出一包零食打開。

「來這邊坐吧。」她嫵媚輕笑，剪裁合身的上衣勾勒出美好的曲線，一雙長腿包裹在性感的黑色絲襪之下。

劉旻文在她身邊坐下，正要伸手拿零食，簡伊凡卻按下他的手，嘴裡咬著一片洋芋片緩緩靠向他，彎腰前傾的姿勢引人遐想。

劉旻文用手取下她銜在口中的洋芋片吃掉。

「妳在色誘我嗎？」他開門見山問。

「被你發現了。」簡伊凡笑著吻上劉旻文，「海苔口味的。」然後舔舔嘴唇。

這些日子以來，他一直都沒有碰過簡伊凡，畢竟住處有嫣在，他每次稍微有點動作，嫣就會跳出來搗亂，他其實對此有些感謝。然而他的忍耐也早已到了極限，只是跨過這最後一道防線，等著他們的會是什麼？

話說回來，也許一開始他就無法拒絕簡伊凡，因爲簡伊凡就像高中時代的自己，無怨無悔地留在一個心中有別人的人身邊。

他知道無論是留在對方身邊，或者是被對方拒絕，得到的都會是痛苦。再讓他選一次的話，或許他還是願意留在愛著學長的沈雁身邊，即便最後會經歷強烈的痛苦，但至少，他嘗試過。

所以，他無法推開簡伊凡。

「我想我真的喜歡你。」

在他將簡伊凡擁入懷中的時候，她如此說，並流下了晶瑩的淚水，淚水落在他的胸膛，化作炙熱的岩漿，稍稍融化了他那冰封已久的心。

運動鞋與地板摩擦的聲響迴盪在體育館中，正在運球的王博宇聚精會神地環顧四周的隊友，冷不防將球丟往右方，劉旻文眼明手快接過，兩人長久以來的默契讓他早就看穿王博宇的打算，早先一步來到最合適的傳球位置，他一拿到球立刻跳高三分射籃。

「哇！」

觀眾席傳來一片響亮的喝采聲，其中一個女人歡呼得特別賣力，劉旻文循聲看過去，綁著馬尾的簡伊凡正奮力大喊，她今天妝容淡雅，臉頰上兩塊紅撲撲的自然紅暈，讓她看起來特別可愛。

中場休息時，劉旻文和王博宇來到兩個女孩身邊，王博宇和戚可帆似乎進展順利，簡伊凡殷勤地拿出毛巾和水遞給劉旻文。

他並沒有要她準備這些，事實上，這些東西劉旻文自己都有帶過來，就放在選手休息區，他大可以直接走回休息區，但他選擇走向簡伊凡。

除了一心一意的愛情，他什麼都可以給簡伊凡，這或許是他的一種彌補方式。

「你好棒！你真的好棒！真的好厲害啊！」簡伊凡激動地大喊，眼裡有著毫無保留的崇拜。

「別那麼大聲，很丟臉。」看著她這樣，他內心有種說不上來的喜悅與優越，於是他笑了，但很快又斂起笑意。

當他再次踏上球場，並轉頭看向觀眾席時，在那片黑壓壓的人頭裡，他第一個看見的，便是聲嘶力竭爲他應援的簡伊凡。

好像無論他做什麼，她都會無條件支持一樣。

即便有些時候，他會看見簡伊凡哭紅的眼睛與逞強的笑容，並覺察到那些徘徊在她嘴邊，卻始終難以問出的話語。

某次與簡伊凡纏綿時，兩人因動作過於激烈而撞上書櫃，沈雁的照片從畢冊裡掉了出來，他下意識抽離簡伊凡的身體，起身將照片小心夾回畢冊裡，然後他看見簡伊凡眼中浮現清楚的絕望，當時他的心也像是被千萬根細針同時扎入。

「說你喜歡我，並且吻我。」那大概是簡伊凡第一次要求他對她說出「喜歡」這兩個字。

他沒有說話，卻吻了她。

但他第一次開始深思，對於現在的他來說，沈雁究竟算是什麼樣的存在？

往後，簡伊凡沒再問過「你是否喜歡我？」、「你還惦記著前女友嗎？」這類問題，她總是帶著笑容陪在他身邊。

他也陪著她經歷過很多事，包括某次她氣沖沖地要他騎車載她去找一個男孩，一見到對方，她就衝過去給他一拳，說是要爲她的另一個好朋友出氣。

在他二十四歲那一年，他剛退伍，返回台北在外租屋，準備找工作。簡伊凡盤腿坐在他家的沙發上，腿上則躺著睡得香甜的嫣，她邊撫摸著嫣，邊告訴他一件令他有些震驚的事。

戚可帆和王博宇要結婚了。

「你居然不知道？王博宇沒跟你說？」

「我們不太討論這方面的事。」劉旻文點了兩下滑鼠，將履歷發送出去，「她懷孕了嗎？」

「哈哈哈，我一開始也這麼想，不過好像沒有，她說他們是因爲相愛而結婚。」簡伊凡語氣中帶了點不確定，但更多的是嘲諷。

依照王博宇的個性，怎麼可能會在二十五歲就斷然踏入婚姻？他應該是那種會想要等事業發展到一定階段再成家的人吧？

但王博宇很聰明，他做任何事都有其目的與考量，不需爲他擔心，也無需多作揣測。

不過從簡伊凡的反應看來，或許有其他他不知道的隱情。

「欸……如果我懷孕怎麼辦？」簡伊凡忽然又問。

兩人交往多年，簡伊凡從不會問假設性問題。

「懷孕？那就結婚啊。」他想也沒想便答。

「因爲懷孕所以結婚？我才不要。」簡伊凡抱怨，「不是爲了愛情，而是爲了孩子才走入婚姻，這樣怎麼會幸福呢？要是哪天我眞的懷孕了，如果你不愛我，那麼你不需要跟我結婚，孩子我自己養得起。」

簡伊凡話中不帶怒氣，像只是把心裡的想法說出來。

說完，她坐在沙發上繼續撫摸著嫣，劉旻文忽然有種感覺，無論多少年過去，或許他都還是可以看到相同的畫面。

在戚可帆的婚宴上，他注意到藏在戚可帆眼中的不確定，而這也是他初次見到在喜宴上忙進忙出的王皓群，那位戚可帆的青梅竹馬。

或許，那就是戚可帆爲何猶豫、簡伊凡爲何語帶嘲諷，以及王博宇爲何急著結婚的原因吧。

察覺這點之後，他有點想使壞，在新娘準備室裡對戚可帆說了些話，將她內心深處那些不想承認的事實，殘忍地挖出來直攤在陽光下。

說完之後，他又覺得自己有些過分，但他不後悔。

戚可帆勢必得要面對自己眞正的心意。

那天的最後，劉旻文還是目送著戚可帆與王博宇攜手走上紅毯。

嫣正津津有味地吃著簡伊凡買來的罐頭，劉旻文則坐在電腦螢幕前，看著沈雁發來的臉書交友邀請。

「喵——」嫣叫了一聲。

劉旻文看過去，牠舔了舔嘴唇，輕快地跳上了他的電腦桌，坐得直挺挺的，尾巴微微捲動，一雙眼睛盯著他看。

劉旻文不禁失笑，對嫣說了句：「放心，沒事的。」

牠是在擔心簡伊凡嗎？

劉旻文滑鼠一點，接受了沈雁的交友邀請。

「那不是你前女友嗎？」剛從浴室洗完澡走出來的簡伊凡，一看清劉旻文電腦螢幕的畫面，一張臉迅速垮了下來。

「嗯。」劉旻文並沒有立刻關掉臉書頁面。

這麼多年來，簡伊凡直到現在才知道那個女孩的名字，同時心念一轉，也立刻領悟了那隻貓的命名由來，「嫣」與「雁」。

「所以你……這些年來，都還沒有忘記她嗎？」簡伊凡並不憤怒，只是有著些許無奈。

嫣從電腦桌一躍而下，來到簡伊凡腳邊磨蹭，她彎腰把牠抱起來。

「怎麼可能忘記。」他如實回答，在她眼中看見了心碎，「但是，她不過就是個回憶了。」

簡伊凡滿臉疑惑，不明白他的意思。

以往劉旻文避開了所有得知沈雁近況的可能，他怕知道之後，會擾亂他的生活，以及他的心。

可是，就在他看到沈雁的近照時，他忽然間明白了。

他記憶中的沈雁已經不在了，高中時期的沈雁，只活在那個時候；就如同當年如此深愛著沈雁的他，也只活在那個時候了。

「她來加我好友，表示她已經釋懷了，我答應她的邀請，也表示我釋懷了。」劉旻文拿起一旁早就打好的租屋鑰匙，放進簡伊凡的手心，「如果懷孕了，我們就結婚。」

「我不是說了，我才不要因爲懷孕而結婚，要因爲兩個人彼此相愛……」

「所以我說，我們結婚吧。」

簡伊凡一愣，不敢相信自己聽到了什麼，漂亮的眼睛頓時盈滿淚水，她忽然用力搥打劉旻文的胸口：「你知道我等多久了嗎？從大一到現在，要七年了！我說了，等你喜歡上我，我就會甩掉你……我要甩掉你了！」

她不能自已地大哭，這些年來，她掉過很多次眼淚，但沒有一次是跟這次一樣，因爲喜悅而哭泣。

劉旻文將她擁進懷中，「嗯，所以我沒說我喜歡妳，妳一輩子都無法甩掉我了。」

嫣也曾經和他一樣，把心封閉起來，排斥其他人的主動接近，更非常抗拒簡伊凡的侵門踏戶。

可是，也不知道是從什麼時候開始的，嫣漸漸會蜷縮在簡伊凡的腿上睡覺，會在簡伊凡的撫摸下發出咕嚕聲，會對著簡伊凡撒嬌。

而自己也同樣在不知不覺間漸漸習慣了簡伊凡的笑容、體溫、陪伴，以及存在。

過去的他，曾經深深愛著沈雁，過去的他，是不會愛現在的簡伊凡的。

同理，當現在的沈雁來到他面前，他愛的，也還是現在的簡伊凡。

「這是眞的吧？我不是在做夢吧？」簡伊凡的眼淚流個不停，「如果是眞的，你求婚怎麼沒有準備戒指啦！」

聽到她這麼說，他笑了起來，輕輕舉起她的右手，在無名指處烙下一吻。

「或許這可以暫時代替戒指。」劉旻文看著她微笑，笑裡充滿了無盡的愛與感謝。

簡伊凡原本都做好最壞的打算了，每天都想著這也許是最後一次與他見面，也許下一秒，劉旻文就會說要分開。

所以她從不奢求未來，不與劉旻文約定超過兩個月後的行程，連夢中都不曾讓自己和劉旻文走上紅毯。

她覺得自己何其幸運，能遇到一個她眞正愛的人，縱使一路走來異常艱辛，多次頭破血流，她也從來沒想過要放棄。

「每天吻我、抱我、愛我、凝視我、跟我說話，這些比戒指更重要。」簡伊凡用力抱緊劉旻文，由衷感謝那個始終未曾放棄的自己。

嫣在一旁打了個大哈欠，尾巴往上翹起，慵懶地躺在他們身旁。

後記

找到一絲絲幸福的可能

在寫這篇後記時，背景音樂放的是〈親人〉這首歌；事實上，在校稿《可能幸福的選擇》最後一章時，我也是聽著這首歌，聽著聽著，就覺得心酸無比。

這本書最初是在二〇一三年出版，時隔六年，再次以另一個版本與大家見面。和《未凋零》、《那年夏天，她和他和她》、《嘿，好朋友》一樣，因爲時間過去六年，故事中的時空背景相較於現在，已經有了顯著的差異，像是MSN的消失、智慧型手機功能的日新月異等，而《可能幸福的選擇》也有同樣的情況，當時南北的交通往來並沒有高鐵這個選項，所以在皓皓南下與可可北上時，兩人搭乘的交通工具都是客運，這次重新修訂故事，我一度想讓兩人改搭高鐵，畢竟高鐵所花費的交通時間可以節省很多啊！但最後我又改成了火車。

當年我在中部念大學，每逢週末便會返回台北家中，因爲客運的票價只要火車的一半，所以多半會選擇搭乘客運。

二〇一三年寫這個故事時，我大學剛畢業沒多久，我覺得如果有個人只因爲你需要陪伴，就願意搭三個多小時的夜車過來找你，那足以體現你在對方心中的重要性。只是等到高鐵通車後，儘管車資是客運的好幾倍，但通車時間大幅縮短，這讓我覺得好像有哪裡不同了。

而我又爲什麼會想寫下《可能幸福的選擇》這個故事呢？

當時我剛出社會沒多久，每天從捷運站走到公司，路程約十五到二十分鐘，我通常會邊走邊聽音樂，然後邊跟著唱，無意間聽到〈走在紅毯那一天〉這首歌，想起自己過去參加婚宴的經驗，新娘總是坐在準備室裡與新祕一同等待婚宴的開始。

在新祕爲新娘化妝、打理造型的那段時間裡，她們一定會聊天，新祕也許會好奇提問起新娘與新郎的過往，而新娘會娓娓道來……

於是《可能幸福的選擇》就這樣誕生了。

對於能寫出這樣的故事，我感到非常驚喜，對我來說，每一本小說從無到有都是一場奇蹟，都經歷過長時間的醞釀與創作。

我知道無論是新舊讀者，在看完這本書之後，都會有一個共同的疑問：爲什麼可可沒有和皓皓在一起？

爲什麼呢？我也想問爲什麼。

可可是從什麼時候意識到她的愛情？皓皓是從什麼時候意識到他的愛情？而他們又是從什麼時候開始認爲對方想離開自己？

很多讀者都想看到可可和皓皓的番外，想知道他們在未來是否會再有交集。

別著急，在我的另一本書裡，還會提到皓皓出社會後的故事。

所以，先讓我談談王博宇吧！你們這些壞人，我之前在臉書上舉辦「最喜歡的男主角」票選活動，王博宇居然零票，王博宇明明是一個這麼好的男人，你們好壞啊！

在《未凋零》裡，蔡政宇便說過，王博宇是個聰明的人，看完《可能幸福的選擇》，你們覺得他聰明嗎？他確實很聰明呀，他跟小宥不一樣，哪有人不會嫉妒、不會吃醋？但王博宇並沒有太強烈地表現出來，所以他得以牽著可可的手走上紅毯，他聰明，卻也可悲。

然後，再來談談簡伊凡和劉旻文，我知道非常多讀者很在意這一對，劉旻文在《未凋零》裡深愛著沈雁，他和簡伊凡最後是否能一直走下去？

我在番外〈他現在的愛情〉給出了答案。

有很多人沉浸在過往傷痛之中走不出來，而那些人未必可以幸運遇見像簡伊凡這樣的人。在虛構的小說裡，主角時常可以通過別人得到救贖，但在現實生活中，大多時候我們都只能靠自己重新振作起來。

我一直希望自己寫的故事，能帶給讀者勇氣、希望以及救贖。

因爲有時候，當我回頭去看自己寫下的故事時，也會在不知不覺間，被當時寫下這故事的我所救贖。

願你我，都能在這個充斥著許多挫折的世界，找到一絲絲幸福的可能。

Misa

國家圖書館出版品預行編目資料

可能幸福的選擇／Misa著. -- 初版. -- 臺北市；城邦原創出版 ： 家庭傳媒城邦分公司發行, 民 108.03

面；公分

ISBN 978-986-97554-0-5（平裝）

857.7　　　　108002754

可能幸福的選擇

作　　者／Misa
企畫選書／楊馥蔓
責任編輯／楊馥蔓

行銷業務／林政杰
總 編 輯／楊馥蔓
總 經 理／伍文翠
發 行 人／何飛鵬
法律顧問／元禾法律事務所　王子文律師
出　　版／城邦原創股份有限公司
台北市中山區民生東路二段 141 號 6 樓
電話：(02) 2509-5506　傳眞：(02) 2500-1933
E-mail：service@popo.tw
發　　行／英屬蓋曼群島商家庭傳媒股份有限公司城邦分公司
聯絡地址：台北市中山區民生東路二段 141 號 11 樓
書虫客服服務專線：(02) 25007718．(02) 25007719
24小時傳眞服務：(02) 25001990．(02) 25001991
服務時間：週一至週五09:30-12:00．13:30-17:00
郵撥帳號：19863813　戶名：書虫股份有限公司
讀者服務信箱 email：service@readingclub.com.tw
城邦讀書花園網址：www.cite.com.tw
香港發行所／城邦（香港）出版集團有限公司
地址：香港灣仔駱克道 193 號東超商業中心 1 樓
email：hkcite@biznetvigator.com
電話：(852)25086231　傳眞：(852) 25789337
馬新發行所／城邦（馬新）出版集團 Cité(M)Sdn. Bhd.
41, Jalan Radin Anum, Bandar Baru Sri Petaling,
57000 Kuala Lumpur, Malaysia.
電話：(603) 90578822　傳眞：(603) 90576622
email:cite@cite.com.my

封面設計／Gincy
電腦排版／游淑萍
印　　刷／漾格科技股份有限公司
經 銷 商／聯合發行股份有限公司
電話：(02)2917-8022　傳眞：(02)2911-0053

■ 2019 年（民 108）3月初版
■ 2021 年（民 110）11月初版 8.5 刷　　Printed in Taiwan

定價／270元

ISBN　978-986-97554-0-5

www.popo.tw　www.cite.com.tw

本書如有缺頁、倒裝，請來信至service@popo.tw，會有專人協助換書事宜，謝謝！